Romeu e Julieta

TURMA DA MÔNICA JOVEM

Maurício de Sousa Editora

GIRASSOL

William Shakespeare - Mauricio de Sousa

Tradução e Adaptação de Regina Drummond

Famílias em conflito
—— Primeiro ato ——

Muitas famílias importantes viviam na bela cidade de Verona, na Itália, mas os Montéquios e os Capuletos se destacavam. E não apenas por serem os mais ricos e distintos do lugar. Nem mesmo pela juventude e ousadia de Romeu Montéquio ou a graça da bela Julieta Capuleto, de quem seus pais tanto se orgulhavam. Não. Era principalmente pelo ódio rançoso e profundo que as separava.

Há anos, até os parentes viviam se desentendendo, o que muitas vezes resultava em duelos... e morte! Na verdade, bastava um criado de uma família cruzar na rua com um criado da outra para que as disputas começassem, com trocas de insultos de ambos os lados.

Quando dois empregados dos Capuletos começaram uma briga com um criado dos Montéquios, que acabou envolvendo Teobaldo, sobrinho da senhora Capuleto, e Benvólio, primo e amigo de Romeu, além de pessoas que passavam na rua, Escalo, o príncipe de Verona, ficou furioso e decretou:

— Chega dessa briga idiota! Ninguém nem sabe mais o motivo de tanto ódio! Ou vão aprender a viver em paz, sem perturbar os cidadãos de bem, ou vou condenar todos vocês à morte!

Os briguentos tiveram de ir para casa como cachorrinhos assustados, tremendo e com o rabo entre as pernas.

Foi pouco tempo depois desse acontecimento que Páris, um rapaz elegante e nobre (era parente do príncipe), procurou o senhor Capuleto. Ele queria se casar com Julieta.

— E então, senhor, qual é a resposta para o meu pedido?

— Respondo a mesma coisa que já lhe disse antes: minha filha é muito nova para se casar.

— Desculpe, senhor, mas muitas garotas se casam na idade dela... E se sentem muito felizes com isso — argumentou o rapaz.

— Minha esposa e eu só temos Julieta, gentil Páris. Colocamos nela todas as nossas esperanças. Além do mais, eu jamais daria meu consentimento, sem que ela concordasse antes com essa união.

— O senhor poderia, pelo menos, prometer que vai falar com ela? — perguntou o jovem, ansioso.

O senhor Capuleto pensou durante um momento e decidiu:

— Vou fazer melhor do que isso. Esta noite, darei uma festa em minha casa. Você está convidado. Poderá assim conhecer minha filha e até mesmo falar com ela. Depois, se ela concordar, faremos o casamento.

Páris foi embora muito contente, enquanto o dono da casa entregava uma lista com os nomes dos convidados para um criado, ordenando:

— Vá correndo à casa dessas pessoas. Diga que minha hospitalidade espera por elas, esta noite!

O criado saiu voando com a lista na mão, mas estava, de fato, desesperado:

— E agora, como vou fazer? — resmungava. — Patrão é mesmo um bicho esquisito! Será que ele não sabe que as letras não conversam comigo?

Nisso, viu dois homens elegantes na praça e teve uma ideia.

— Hum, esses aí certamente sabem ler! Vou pedir a ajuda deles!

Eram Romeu e Benvólio, que fizeram o que o criado queria. Mal este, todo contente, virou as costas...

— Os Capuletos vão dar uma festa esta noite, um baile de máscaras, e eu estarei lá! — disse Romeu.

— Você ficou louco?! — assustou-se Benvólio. — Não podemos ir à casa dos inimigos da nossa família!

— Ah, mas lá estarão as garotas mais bonitas de Verona, aposto! Além disso, é um baile de máscaras. Vamos nos disfarçar e ninguém vai descobrir nada!

Romeu acabou convencendo o primo e os dois foram cuidar dos detalhes do plano.

Enquanto isso, na casa dos Capuletos, rolava a maior confusão: os criados corriam de um lado para o outro, limpando a prataria e a casa para a festa; os cozinheiros, afobados, mexiam as panelas e cuidavam dos assados no forno, gritando com os seus ajudantes; e a mãe de Julieta conversava com ela.

— Filha, você já pensou em se casar? — perguntou.

A garota riu:

— Nossa, mãe, ainda nem tive tempo para pensar nisso!

A ama entrou na conversa:

— Ah, minha Julieta! Você foi, sem dúvida, a mais bela criança de que cuidei. Ver a minha pequena casada e feliz é tudo que sonho na vida!

Julieta sorriu, mas a mãe disse, sem prestar atenção ao comentário:

— Então, filha... Quem pediu a sua mão é um rapaz bonito e rico. Além disso, é nobre, parente do príncipe de Verona!

— Não teria como ser um melhor partido! — suspirou a ama, encantada.

— Deixe que ela escolha sozinha! — ordenou a mãe, severa. E, voltando-se para a garota, continuou: — Seu pai vai dar uma festa hoje à noite, para que você conheça o jovem Páris. Ele é belo e distinto. Melhor do que ele, você não encontrará nenhum outro nesta cidade. Então, se ele for do seu agrado...

— E se eu não gostar dele, mamãe? — interrompeu Julieta, ansiosa.

— Seu pai dirá que não, é claro.

Nesse momento, um criado anunciou:

— Os convidados estão chegando!

— Vamos, então! Rápido! — disse a senhora Capuleto. — Temos de nos arrumar para a festa!

E as três mulheres saíram correndo.

Romeu e seus dois melhores amigos, Mercúcio e Benvólio, que não tinham sido convidados, passavam despercebidos na festa que corria animada. Até que Romeu perguntou:

— Quem é aquela dama? Oh, como é bela! Até esta noite, eu jamais havia conhecido a verdadeira beleza!

Teobaldo, o primo de Julieta, reconheceu a voz de Romeu. Furioso, foi contar ao dono da casa.

— Meu tio, aquele ali é um Montéquio, nosso inimigo! — apontou. — O miserável veio aqui esta noite zombar de nós e ridicularizar a sua festa!

— Não é o jovem Romeu? — quis saber o dono da casa.

— Ele mesmo, o infame Romeu!

Ao contrário do que o sobrinho esperava, porém, o tio disse:

— Deixe-o em paz. Veja, comporta-se como um cavalheiro. Não quero que seja ofendido em minha casa.

Teobaldo não gostou, mas teve de obedecer.

Já Romeu, fascinado pela beleza de Julieta, tinha conseguido chegar perto dela. Conversaram. Ele tirou a máscara, para que ela visse o seu rosto. E ela também se encantou.

Quando, no final da festa, a garota soube pela ama que ele era um Montéquio, ficou muito triste. Subiu para o quarto e foi para o balcão, onde pôs-se a suspirar, olhando a noite.

Romeu saiu da casa, mas não foi embora com os amigos. Disfarçadamente, ele se dirigiu ao jardim e, misturando-se às plantas e árvores, ficou procurando pela bela Julieta. Queria vê-la uma última vez, nem que fosse de longe. De repente... Oh, maravilha! Lá estava ela, no balcão. E dizia alguma coisa. Mas não estava sozinha? Então, ele percebeu que ela conversava com a lua e as estrelas.

O destino da paixão

——— Segundo ato ———

— Ah, Romeu... — suspirava Julieta. — Somente seu nome é meu inimigo, não você! Que há em um nome? Se o que chamamos rosa, com outro nome, exalaria o mesmo perfume agradável, que importância tem você se chamar Montéquio?

Ele não resistiu a responder.

— Então me chame somente "amor", e serei de novo batizado.

— Quem é você, que escuta os meus segredos? — perguntou ela, surpresa.

— Não sei dizer quem sou. Meu nome agora me é detestável.

Ela entendeu. E quis saber:

— Mas como você chegou aqui? E por quê? Os muros do jardim são altos. E, se um dos meus parentes descobre, pode até matar você!

— Com as leves asas do amor transpus esses muros! — respondeu Romeu. — O manto da noite me encobre! Nada pode me impedir de amar você, maravilhosa criatura!

— Oh, Romeu, eu deveria estar vermelha de vergonha, mas estou adorando! — sussurrou ela. — Então, é mesmo verdade que você me ama?

— Senhora, juro pela lua que sim, eu a amo!

— Oh, por favor, não jure pela lua! Ela é inconstante! Jure pela sua adorável pessoa, que eu já amo loucamente!

Nisso, Julieta ouviu a voz da ama, chamando-a.

— Já vou! — gritou. E voltando-se para Romeu: — Se você realmente me ama e quer se casar comigo, envie um recado amanhã, por uma pessoa que mandarei falar com você, dizendo onde e a que horas devemos nos encontrar para nos casarmos, e colocarei minha vida aos seus pés.

— Assim farei, amada! — respondeu ele.

— A que horas devo mandar o mensageiro? — perguntou ela.

— Às nove horas, minha bela.

— Está certo, querido! Agora, vá, boa noite!

Mas, antes de voltar para o quarto, ela sussurrou:

— A despedida é uma dor tão doce que eu estaria dizendo "boa noite" até que chegasse o dia!

Romeu foi para casa, mas não conseguiu dormir, inebriado de felicidade. Ficou andando pelo quarto, até que não aguentou mais e foi procurar seu confessor, frei Lourenço, na capela. Queria pedir um conselho — e ajuda para realizar seus sonhos.

— Casar, hoje ainda? — o frei ficou muito espantado. — E com quem?

Quando Romeu contou que amava a filha única dos Capuletos e era por ela amado, frei Lourenço exclamou:

— Minha Santa Virgem do Céu!

— Por favor, me ajude! — pediu Romeu.

O frei logo concordou:

— Pensando bem, pode ser uma boa maneira de essas duas famílias fazerem logo as pazes! É isso mesmo! Chega de brigar! Diga a Julieta para vir confessar-se comigo, depois do almoço. Em seguida, eu os casarei.

Contente da vida, Romeu mandou o recado pela ama, conforme combinara com a amada. Julieta chegou na hora marcada e logo os dois estavam casados. Ainda era segredo, mas, assim que fosse possível, eles contariam aos seus respectivos pais, esperando que eles compreendessem.

Aquela felicidade, no entanto, não ia durar muito.

Temperamentos e temperaturas quentes
Terceiro ato

Romeu voltava para casa, quando encontrou Teobaldo, que procurava por ele por todo lado. Ao vê-lo, o primo de Julieta gritou, já com a espada na mão:

— Venha, infeliz! Ontem você entrou na festa de um Capuleto sem ser convidado! Hoje eu quero vingar a sua ousadia!

Romeu não queria brigar, tentou conversar com o outro, mas foi novamente ofendido. E tanto Teobaldo o irritou que ele, desembainhando a espada, partiu para cima do inimigo.

Os dois lutavam, quando chegaram Benvólio e Mercúcio, acompanhados de alguns criados. Todos entraram na disputa, que só serviu para juntar mais gente de espada em mãos. Mais alguns golpes e Mercúcio foi ferido.

Teobaldo gritou para Romeu:

— Você, seu insuportável, que era o melhor amigo dele, com ele partirá agora!

Os dois lutaram com mais raiva ainda. E Romeu matou Teobaldo.

— Suma daqui, Romeu! — aconselhou Benvólio. — Ou você será condenado à morte!

Romeu desapareceu e deixou a confusão para trás. E ela só piorou...

Alguém avisou os Capuletos, sabe-se lá quem avisou os Montéquios, e eles vieram ver o que tinha acontecido, acompanhados de suas esposas e criados. Todo mundo falava ao mesmo tempo. Só quando o príncipe Escalo chegou com o seu séquito foi possível ter um pouco de ordem. Ele mandou que um de cada vez contasse o que vira. E, no final, decretou:

— Entendi que ninguém queria matar alguém aqui. No entanto, de ambos os lados, sangue rolou. Romeu não pretendia, mas matou Teobaldo. Foi uma fatalidade. Minha família sangra e eu não posso ser indiferente a isso. Como o homem justo que sou, condeno Romeu ao exílio. Ele deve ir embora imediatamente. E, se voltar a Verona, será condenado à morte.

Romeu, que tinha ido se esconder na capela de frei Lourenço, ficou desesperado quando soube.

— Fui banido de Verona? Isso, para mim, é muito pior do que a morte! — exclamou.

— O mundo é grande, meu filho... — disse o frei. — Você vai achar outro lugar para ser feliz.

— Eu só sou feliz aqui, onde Julieta está! Onde ela mora é o céu... Se eu não puder contemplar a beleza dela, estarei no inferno, e a vida não mais me interessará!

A chegada da ama interrompeu a conversa.

Aflito, Romeu perguntou:

— Como ela está? Pensa que sou um assassino?

Ela descreveu Julieta:

— A pobrezinha está arrasada. Não diz uma palavra, só chora sem parar e torce as mãos em desespero. Amava muito o primo morto. Teme pelo seu próprio futuro. E principalmente pelo seu, Romeu. Ela lhe enviou isto. — A ama entregou um anel ao jovem e deu o recado final: — Ela pede que você vá lhe dizer adeus, antes de partir. Deixará aberta a porta do seu quarto esta noite. Agora, com licença, tenho de ir!

Enquanto isso, na casa dos Capuletos, Páris queria saber o que Julieta dissera sobre seu pedido de casamento. O pai dela se desculpou.

— Com todas essas coisas horríveis que aconteceram, não tivemos tempo de falar com nossa filha. Ela gostava muito do primo, assim como eu. Bem, fazer o quê? Todos nascemos para morrer...

— É muito tarde, ela não descerá esta noite — completou a mãe. — Está enclausurada na própria tristeza.

— Compreendo — disse o jovem. — Por favor, recomende-me à sua filha.

— Com certeza. Amanhã cedo, saberemos o que ela pensa — respondeu a senhora Capuleto, saindo.

O marido dela disse a Páris:

— Eu bem posso imaginar a resposta da minha filha, por isso, vamos combinar assim: na próxima quarta-feira, faremos o casamento. Que dia é hoje?

— Segunda-feira, senhor.

— Não, é muito cedo. Melhor na próxima quinta-feira. Não haverá grande pompa. Um amigo ou dois... Ainda é muito recente a morte de Teobaldo... Quinta-feira está bem para você?

— Senhor, desejaria que quinta-feira já fosse amanhã.

— Então, está tudo certo. Adeus. Por minha vida, já é tão tarde que daqui a pouco poderemos dizer que é cedo! Boa noite.

Trancada em seu quarto, Julieta chorava. Como todos pensavam que era pelo primo morto, deixaram que ela sofresse a sua dor em paz, sozinha. Mas, assim que a noite desceu completamente sobre a cidade e tudo se aquietou, Romeu se cobriu com um manto escuro e saiu da capela de frei Lourenço, dirigindo-se à casa da amada, que o recebeu de braços abertos. E eles puderam dizer um ao outro tudo que lhes ia no coração...

Romeu deveria partir para Mântua antes que o sol nascesse. Se alguém o visse, seria a morte. Mas Julieta queria que ele ficasse mais com ela.

— Você já quer ir embora? Não... Fique mais um pouquinho... — pediu. — Era o canto do rouxinol, não o da cotovia, que agora há pouco feriu os seus ouvidos inquietos... Todas as noites, ele canta naquela árvore. Acredite, meu amor, era o rouxinol.

— Era a cotovia e ela anuncia a aurora. Não era o rouxinol, amada! — respondeu ele. — O dia já desponta no topo das montanhas. Preciso partir e viver. Ou ficar e morrer.

— Ah, só mais um pouquinho, fique... — implorou ela.

Romeu se exaltou:

— Que me prendam! Que me condenem à morte! Meu desejo de ficar vence minha vontade de partir!

Mas isso Julieta não queria.

— Vá, fuja daqui! — implorou ela. — É a cotovia, sim, ela desafinou o canto! E está ficando mais claro, cada vez mais claro! Adeus, Romeu!

— Adeus! Um beijo e descerei!

Romeu partiu no momento em que a ama batia à porta do quarto, querendo saber como Julieta estava. A senhora Capuleto também veio ver a filha.

— Estou indisposta, mãe, me perdoe — disse ela.

— Ainda chorando a morte do seu primo? — quis saber. — Mas eu trago uma boa notícia, capaz de secar as suas lágrimas. Filha, seu pai acertou seu casamento para a próxima quinta-feira com o conde Páris.

— Sem ouvir a minha opinião? — estranhou ela. — Nem pensar que vou me casar assim! Diga ao meu pai que...

A senhora Capuleto interrompeu a filha:

— Veja, ele está chegando. Diga você mesma.

É claro que o pai de Julieta ficou furioso.

— O quê? Como você tem coragem de dizer que não quer se casar com o conde? — gritou. — Não seja boba. Deveria nos agradecer por ter conseguido um partido tão bom para você!

A pobre garota começou a chorar. A mãe e a ama tentaram ajudá-la, mas o pai continuava uma fera. Não aceitava que ela recusasse o marido que ele escolhera para ela.

— Penso até em deserdá-la — disse ele bem sério. — Viver sem luxo não será fácil e sofrerá com a vida humilde. Acredite no que digo e pense bem. Sinceramente, não acho que devo voltar atrás na minha decisão!

E saiu, batendo a porta.

Desolada, Julieta suplicou:

— Oh, minha mãe, por favor, me ajude! Adie esse casamento por um mês, uma semana! Se a senhora não conseguir, é melhor que me coloque na tumba junto a Teobaldo. Porque eu prefiro a morte a esse casamento!

Mas a mãe concordava com o marido.

— Você pode fazer como quiser, mas tenha certeza de uma coisa: não poderemos sustentá-la e terá de arcar com as consequências de uma vida simples e humilde — alertou a mãe.

E também saiu.

Julieta, então, procurou consolo na ama.

— O mais conveniente é que você se case com o conde — aconselhou ela. — Romeu está praticamente morto. E o conde é rico, bonito, interessante...

"Mas que intrometida! Não vou desistir facilmente do amor da minha vida. Vou pedir um conselho onde sei que o encontrarei!" — pensou Julieta.

E disse em voz alta:

— Obrigada, ama. Vou pensar nisso. Agora, por favor, diga à minha mãe que estou muito triste por ter chateado o meu pai e vou me confessar com frei Lourenço. Ele me dará a absolvição.

E saiu.

O plano de frei Lourenço
—————— Quarto ato ——————

Julieta foi recebida por frei Lourenço, que se prontificou imediatamente a ajudá-la. Ele ficou preocupado, porque ele próprio a tinha casado com Romeu. E logo teve uma ideia.

— Mas você precisa ser muito corajosa, minha filha — disse o santo homem. — O que vou lhe propor é algo difícil. Muito difícil. Terrível mesmo.

— Pode me pedir qualquer coisa! — exclamou a garota. — Estou pronta a me atirar da mais alta torre, a andar por caminhos infestados de ladrões, a me esconder onde existam serpentes, a me enterrar numa cova recém-aberta, junto de um cadáver! Sim, farei qualquer coisa que me peça, se com isso eu puder continuar sendo a esposa de quem eu amo!

Frei Lourenço procurou acalmá-la e contou seu plano:

— Volte para casa. Mostre-se alegre e diga ao seu pai que concorda em se casar com o conde. Amanhã, quarta-feira, fique sozinha em seu quarto. Antes de se deitar, você deve tomar o líquido de um frasco que lhe darei, é uma poção paralisante. Imediatamente, as atividades do seu corpo vão parar de funcionar. Você perderá o pulso, ficará gelada e pálida, seus membros vão ficar rijos como os de um cadáver. Todos vão pensar que você está morta. Você ficará nesse estado por 42 horas, quando, então, despertará como se voltasse de um doce sono. Na manhã do casamento, quando a ama tentar acordá-la, perceberá que você morreu. Como é o costume no nosso país, você será vestida com suas melhores roupas e será enterrada no túmulo da sua família. Antes que você acorde, Romeu, que será informado sobre o que está acontecendo, irá comigo velar o seu despertar. Nessa mesma noite, você fugirá com ele para Mântua.

Julieta ficou radiante e pediu:

— Oh, dê-me logo essa poção!

— Aqui está — disse o frei. — Agora vou preparar uma carta contando tudo, que mandarei entregar ao seu marido. Cuidado para não fraquejar na hora derradeira!

— Jamais! — A voz dela soou firme. — Do amor tirarei as forças necessárias para fazer tudo o que for preciso! Adeus, querido frei! E obrigada!

Os Capuletos ficaram felizes com a volta da filha.

— Que bom que você criou juízo! — disse o pai.

E foi pessoalmente avisar o noivo que estava tudo acertado para o dia seguinte.

Antes de Julieta ir se deitar, a mãe perguntou:

— Precisa de alguma coisa, querida?

— Não, mamãe, obrigada. Mas diga à ama que quero dormir sozinha esta noite.

— Claro, filha, como você preferir. Descanse bastante. Amanhã será um dia muito importante em sua vida.

Sozinha no seu quarto, bem que Julieta sentiu medo! Um medo enorme, aliás! E, quanto mais ela pensava, maior ele se tornava...

E se aquela poção não fizesse o efeito esperado? Será que ela seria obrigada a se casar com o conde? Pegou um punhal e colocou-o ao seu lado, na cama, pensando: "Não. Isso me impedirá!".

Mas outro pensamento horrível substituiu o anterior: "E se Romeu não aparecer na tumba da minha família, posso morrer sufocada? Lá dentro o ar não circula...". Espantou esse pensamento também. Mas outro tomou o lugar dele: "E se eu acordar louca, após a experiência?". Ela sacudiu a cabeça com força. Então, enchendo-se de coragem, olhou o líquido e se preparou para bebê-lo, dizendo a si mesma, em voz alta:

— Não. Vai dar tudo certo! Romeu, é por você que faço isso!

E se deitou na cama para esperar o sono que imitaria a morte.

Na manhã seguinte, a ama foi acordar a noiva.

— Bom dia! Dormiu bem? — cumprimentou, abrindo as cortinas.

A garota não respondeu.

— Julieta, minha ovelhinha! — insistiu a ama. — Está na hora de se arrumar para o casamento! Vamos, minha pequena, acorde! Ah, que sono calmo ela tem... — levantou a coberta e exclamou, balançando a cabeça: — Nossa, ela nem trocou de roupa... Dormiu vestida, imagine! Ah, vamos, coraçãozinho!

Quando tocou na garota, porém, levou um susto e começou a gritar:

— Socorro! Minha senhora está gelada! Que tragédia! Julieta está morta!

Foi uma desolação geral. A casa inteira chorava.

— Ai de mim! — desesperava-se a senhora Capuleto. — Minha única filha está morta, morta, morta!

O pai, de cabeça baixa, sussurrou:

— A morte caiu sobre ela como gelo precoce sobre a mais linda flor de todo o campo!

— Oh, lamentável dia! — gritava a ama.

Nesse momento, frei Lourenço entrou na casa, perguntando:

— A noiva já está pronta para se dirigir à igreja?

— Pronta para ir e nunca mais voltar! — suspirou o pai.

Quando percebeu o que tinha acontecido, Páris, que tinha vindo com o frei, começou a chorar, em desespero, exclamando:

— Oh, morte cruel, mil vezes detestável! Você me enganou! Cruel! Cruel! — repetia.

Frei Lourenço procurou acalmá-los e sugeriu que o enterro fosse feito imediatamente. Logo, as providências foram tomadas e a garota foi colocada no jazigo da família.

Ele já havia escrito e enviado uma carta para Romeu, contando do plano que uniria os dois jovens, mas o que o frei não sabia era que o mensageiro não tinha conseguido chegar a Mântua. Havia um bloqueio na estrada e ele fora obrigado a voltar sem entregar a correspondência. Romeu não tinha sido avisado de nada.

Frei Lourenço só soube disso quando faltavam apenas três horas para Julieta acordar. Ele ficou desesperado.

— E agora, como farei? — gemeu.

Mas ainda havia outra coisa que o frei não sabia...

Baltazar, o criado de Romeu, tinha ido a Mântua para levar a má notícia.

— Romeu, sua amada agora mora com os anjos! — contou.

O pobre apaixonado se desesperou:

— Arrume um cavalo para mim. Parto imediatamente para Verona!

— Você não pode, Romeu! — lembrou o outro. — Se fizer isso, será condenado à morte!

— Não importa! Faça isso!

Romeu foi com Baltazar procurar um boticário que conhecia. O homem era pobre e com certeza lhe daria um veneno forte se lhe pagasse bem. E foi o que aconteceu. Ao entregar o saco com as moedas ao boticário, o jovem disse:

— Aqui está o seu ouro, o pior veneno para as almas humanas, aquele que causa mais mortes do que a mistura que, embora seja proibido, você acaba de me vender.

O destino de dois jovens apaixonados
Quinto ato

Romeu e Baltazar foram ao túmulo de Julieta, onde Páris já se encontrava. Ao ver os dois chegando, porém, ele se escondeu.

— Agora você vai embora — ordenou Romeu a Baltazar. — E não olhe para trás.

Mas o amigo não obedeceu e ficou observando Romeu. Viu quando ele entrava no jazigo da família Capuleto e ficou preocupado. Achou melhor procurar frei Lourenço. Ele saberia o que fazer.

O que Baltazar não viu foi a luta que se seguiu, primeiro com as palavras, em seguida com a espada, entre Romeu e Páris.

— Pode a vingança ser levada além da morte? — gritou Páris. — Miserável condenado, considere-se preso! Obedeça e venha comigo, pois você deve morrer!

— Para morrer vim aqui! — gritou Romeu de volta. — Fuja você daqui e me deixe em paz!

— Jamais farei isso, ou não me chamarei Páris!

Apenas naquele momento, Romeu se deu conta de quem era o outro homem. Chamava-se... Páris? Ele se lembrou que seu criado lhe dissera que Julieta ia se casar com... Com quem mesmo? Um certo Páris... Ah, então era isso! A família dela queria que ela se casasse com aquele sujeito! Furioso, Romeu matou Páris e colocou-o no mausoléu também. Só então pôde ver a amada. Ela estava mais linda do que nunca.

— Julieta, minha esposa, a morte não teve nenhum poder sobre a sua beleza! — exclamou. — Oh, meu amor, dê-me um último beijo, que agora eu vou morrer!

E, após beijá-la delicadamente, Romeu fingiu tomar o veneno de um gole só.

E, como bom fingidor, seu corpo despencou junto ao da amada.

No instante seguinte, frei Lourenço chegou. Colocou as mãos na cabeça, quando viu Páris ensanguentado de um lado e Romeu caído do outro. Mortos. Ambos. Mas ele não teve muito tempo para se lamentar, pois Julieta estava acordando.

— Minha boa menina, vamos embora daqui! — convidou. — Um poder superior às nossas forças frustrou nossos planos! Venha! Vou conseguir uma casa de religiosas para você morar. Lá, poderá lamentar a sua perda em paz, sem que ninguém lhe pergunte nada...

Mas a garota, num único olhar, percebera o que tinha acontecido e respondeu:

— O senhor pode ir sozinho. Eu não sairei daqui! — aproximando-se de Romeu, ela pegou o frasco com o veneno, olhou-o e exclamou: — Oh, que egoísta ele é... Tomou tudo! Não deixou uma única gota! Mas beijarei os seus lábios, querido! Talvez haja neles um resto de veneno para mim! — E assim fez Julieta, suspirando: — Oh, seus lábios ainda estão mornos...

Ao tocar o amado, ela percebeu que ele trazia a adaga na cintura. Tomando a arma, fingiu enfiar a faca com força no próprio coração, caindo como morta ao lado dele, sem um ai.

A confusão foi imensa. Vieram os Capuletos e os Montéquios, com seus respectivos criados. Veio o príncipe, com seu séquito. Todo o povo da cidade de Verona queria conhecer os detalhes da tragédia.

Desolado, frei Lourenço não pôde fazer mais nada, a não ser esclarecer tudo, contando a história verdadeira e repetindo:

— Eles eram marido e mulher! Eu mesmo os casei...

Apurados os fatos, ficou provado que era verdade o que o frei contara.

Olhando para os pais dos dois jovens, o príncipe falou:

— Capuletos! Montéquios! Vejam o flagelo que caiu sobre o seu ódio! Os céus acharam um meio de, pelo amor, destruir as alegrias que estavam reservadas às suas famílias. Chega! É hora de acabar com isso! Eu também, por ter tolerado essa discórdia, perdi dois parentes... Todos nós fomos punidos.

O senhor Capuleto olhou para o senhor Montéquio e pediu:

— Dê-me sua mão, irmão! Este é o dote da minha filha. Eu nada mais posso lhe pedir.

— Mas eu posso lhe oferecer mais — disse o senhor Montéquio. — Mandarei fazer uma estátua de ouro para que, enquanto Verona existir, nenhuma possa ser mais apreciada do que a da fiel Julieta!

— Igualmente rica será a de Romeu, que repousará ao lado dela! — retrucou o senhor Capuleto. — Pobres vítimas da nossa inimizade...

O príncipe encerrou as lamentações, dizendo:

— Que este terrível dia possa nos trazer paz e amizade! Uns serão perdoados e outros, punidos, pois nunca houve história mais triste do que esta, de Romeu e Julieta.

O que ninguém podia imaginar, porém, era como a vida adora pregar peças nas pessoas... Pois não foi que, assim que todos se retiraram, os dois jovens se levantaram, se abraçaram e trocaram um beijo cheio de amor e alegria? Era teatro! E eles tinham conseguido enganar todo mundo.

— Fujamos, Julieta querida! Vamos embora para um lugar bem distante daqui.

— Sim, meu amado! Vamos ser felizes longe das inimizades e dos preconceitos!

E foi o que eles fizeram!

TURMA DA Mônica JOVEM

Sonho de uma noite de verão

William Shakespeare - Mauricio de Sousa

Tradução e Adaptação de Fernando Nuno

Planos para um nobre casamento
Primeiro ato

Atenas estava em clima de festa. Afinal, Teseu, duque de Atenas, iria se casar com Hipólita, rainha das amazonas, em poucos dias.

O casal estava muito ocupado na organização da cerimônia, no palácio de Teseu, quando foi interrompido pelas visitas.

— Olá, Egeu. Que bons ventos o trazem? — cumprimentou Teseu.

Egeu entrou com sua filha, Hérmia, muito impaciente.

— Preciso da sua ajuda, Teseu. Como você sabe, quero que Hérmia se case com Demétrio — explicou Egeu. — Ele é belo, sério, inteligente, enfim... o par perfeito para minha filha, e está apaixonado por ela!

— Não, por favor! — implorou Hérmia. — Demétrio é horrível! E não gosto dele...

Teseu e Hipólita se olharam e franziram a testa. Afinal, por que estavam sendo incomodados com essa bobagem, quando tinham coisas tão importantes para fazer?

— Ela diz que ama Lisandro! — exclamou Egeu. — Diga que isso está errado, Teseu!

O duque olhou com desdém para Hérmia. Ele não queria saber disso.

— Minha jovem — disse ele, irritado —, você sabe que a lei de Atenas manda a filha obedecer às ordens do pai. Se ele disse para você se casar com Demétrio, é isso que você deve fazer.

— Eu, não! — respondeu Hérmia.

— Silêncio! — ordenou Teseu. — Você tem até o dia do meu casamento para recuperar o juízo. Se não obedecer ao seu pai até lá, será punida!

Hérmia saiu furiosa e foi contar a Lisandro o que tinha acontecido.

— Eu tenho uma ideia — sussurrou Lisandro. — Minha tia mora nos arredores de Atenas. Ela vai nos proteger. Podemos nos casar lá, onde as leis de Atenas não valem!

— Ah, Lisandro... — suspirou Hérmia. — Como eu amo você!

— Eu também amo você — respondeu ele. — Vamos nos ver na floresta amanhã à noite.

Nesse momento chegou Helena, amiga de Hérmia, e viu os dois aos beijos.

A trilha do amor verdadeiro é acidentada.
— *Lisandro*

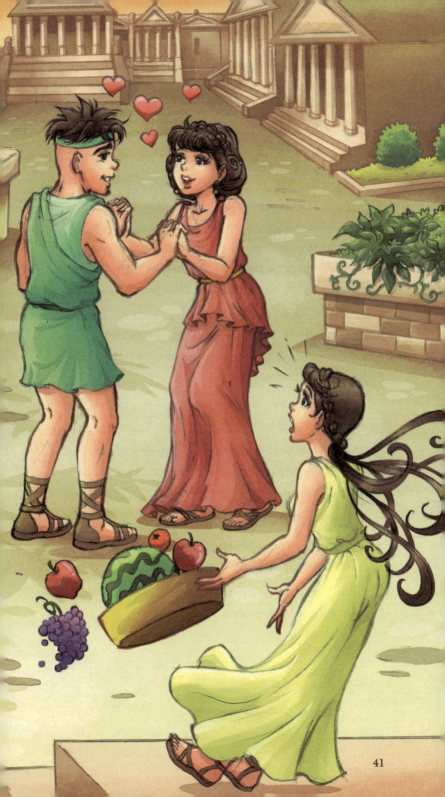

— O que vocês estão fazendo? — perguntou Helena. — Hérmia, achei que você estivesse com Demétrio. Seu pai disse que vocês vão se casar.

— É o que ele acha... — sorriu Hérmia. — Vamos contar o nosso plano a ela, amor?

Lisandro concordou, mas pediu que Helena guardasse segredo.

"Como Hérmia pode tratar Demétrio desse jeito?", pensou Helena quando se despediu dos dois. Ela estava apaixonada por Demétrio havia muito tempo — mas ele só tinha olhos para Hérmia. Por isso, pensou que, se contasse a Demétrio os planos de Hérmia e Lisandro, ele começaria a gostar dela! Assim, foi procurá-lo em seguida.

No dia seguinte, no parque do palácio, um grupo de homens se reunia em segredo. Dentre eles, o carpinteiro Pedro Marmelo, o funileiro Tomás Focinho e o tecelão Nicolau Profundo, também conhecido como Bottom.

Todos trabalhavam para Teseu e planejavam uma bela surpresa para ele: uma peça de teatro!

— Aqui — disse Pedro Marmelo —, peguem as páginas com suas falas. Se ensaiarmos bem, vamos representar a peça na noite do casamento do duque!

A peça se chamava *Píramo e Tisbe*.

— Vamos ensaiar na floresta para ninguém ver — continuou Marmelo — e fazer uma surpresa ao nobre casal!

Assim, combinaram encontrar-se à noite... na mesma floresta onde Lisandro e Hérmia planejaram ir...

A magia das fadas, dos duendes e dos elfos
Segundo ato

Aqueles homens simples não imaginavam como a floresta estaria povoada à noite. Oberon, rei dos seres misteriosos, decidiu fazer uma festa no parque do palácio para celebrar o casamento de Teseu e Hipólita.

Não demorou muito para que ele começasse a discutir com Titânia, a rainha das fadas.

— Você me deve um favor, Titânia — disse Oberon. — Você vai me emprestar o seu criado pessoal.

— De jeito nenhum! — exclamou Titânia. — Antes de morrer, a mãe do menino me pediu para cuidar dele. Fadas... Venham!

Seguida por sua corte, Titânia foi embora voando, com cara de desdém.

— Como ela ousa desaparecer assim? — perguntou Oberon a seu leal ajudante, o duende Puck, o Diabrete. — Ela não vai se safar! Tenho uma ideia. Vá buscar a flor mágica da floresta, o amor-perfeito-do-bosque.

> — Cobro as dívidas ao luar, querida Titânia.
> — *Oberon*

44

Oberon acrescentou:

— Se eu pingar nos olhos de Titânia uma gota da flor espremida, ela será enfeitiçada e eu pegarei o garoto para o meu serviço.

— Como queira, mestre — respondeu o Diabrete, sumindo num piscar de olhos.

Oberon estava imerso nos seus planos quando foi perturbado pelas vozes de Demétrio e Helena. Como os seres humanos não podiam vê-lo, Oberon escutou de perto a conversa.

— Pare de me seguir, Helena! — disse Demétrio, enfadado. — Eu já disse que não sinto nada por você.

Demétrio continuou:

— Hérmia é o meu amor. Mas onde está ela? Você disse que ela viria se encontrar com Lisandro aqui, para fugir com ele!

Pobre Helena! Amava Demétrio, mesmo que ele a tratasse mal.

— Mas eu amo você, Demétrio! — suspirou ela.

— Deixe-me em paz! — gritou ele, saindo de perto de Helena.

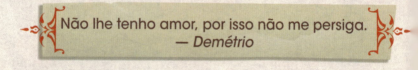

Não lhe tenho amor, por isso não me persiga.
— *Demétrio*

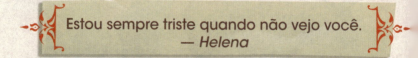

Estou sempre triste quando não vejo você.
— *Helena*

Ela ficou ali, parada, mas depois de instantes voltou a segui-lo. Mal sabia Helena que Oberon tinha visto a sua humilhação.

— Ele vai mudar de ideia! — afirmou Oberon assim que Puck voltou. — E eu vou cuidar disso. Você trouxe a flor?

O Diabrete fez que sim com a cabeça.

— Ótimo! — disse Oberon, e pegou a flor, sorrindo. — Agora, preste atenção.

Puck escutou o plano de seu mestre.

— Guarde um pouco do sumo da flor na palma da mão. Siga a moça que acabou de passar por aqui. Ela está atrás de um rapaz.

O Diabrete fez que sim novamente.

— Você vai reconhecê-los pelas roupas de atenienses. Quando encontrar o homem, aplique o feitiço do sumo da flor. Mas isso tem de ser feito antes do amanhecer!

— Pode deixar comigo! — disse Puck, que saiu voando.

Oberon foi em busca de Titânia, que tinha dormido ao som da música de suas auxiliares. Colocando-se ao lado da rainha das fadas, ele pingou o sumo da flor mágica nos olhos dela.

— Arrá! — exclamou Oberon. — Quando ela acordar, se apaixonará pela primeira pessoa que vir ao abrir os olhos. Será que vai gostar?

Oberon escapou de mansinho, enquanto Titânia sonhava.

Puck logo encontrou o jovem par vestido com roupas atenienses. Eles pararam para descansar ao lado de um riacho e acabaram dormindo.

"Este rapaz tem roupas de ateniense", pensou ele, enquanto voava sobre o homem. Ele ia fazer exatamente o que Oberon ordenara.

Plic, ploc! O sumo da flor mágica caiu sobre os olhos do rapaz. O Diabrete foi embora sem perceber que havia encantado a pessoa errada.

Em vez de fazer o feitiço em Demétrio, tinha pingado o sumo em outro homem vestido de ateniense. E esse outro homem era Lisandro, que havia fugido de Atenas com Hérmia...

Se Puck tivesse voado para o outro lado da floresta, teria encontrado Demétrio, que corria desesperado para se livrar de Helena.

Exausta, Helena não conseguia acompanhar Demétrio e se sentou junto ao regato para descansar.

— Eu queria ser Hérmia — disse ela, suspirando. — Além de ser bonita, ela ama o homem que a ama.

Helena esticou os braços e bocejou. Logo em seguida, viu um casal que também dormia à margem do riacho e correu para lá. Seriam Lisandro e Hérmia? Estariam machucados? Eles deviam ter caminhado bastante.

— Graças aos deuses, ele não está ferido! — exclamou Helena ao tocar Lisandro.

 O que você vir quando acordar será a melhor coisa para o amor que sentirá.
— Oberon

50

51

— Helena? — fez Lisandro, abrindo os olhos. — Esta linda criatura que vejo é você, Helena?

Helena olhou para Lisandro, espantada. Do que ele estava falando? Teria enlouquecido?

— Você está brincando? Você ama Hérmia!

— Eu estava errado. Hérmia me deixava louco, não é a ela que eu amo. Helena... meu amor! — replicou Lisandro, enfeitiçado pela magia de Oberon.

Helena recuou, chocada. Lisandro avançou e beijou a sua mão. Estava tudo errado! Era a Demétrio que ela amava, não a Lisandro! E Lisandro amava Hérmia!

— Não faça pouco-caso de mim! — implorou Helena, tirando a mão e se afastando depressa. — Deixe-me em paz!

— Mas eu amo você! — exclamou Lisandro, indo atrás dela.

Hérmia acordou com o barulho, olhou em redor e viu que estava só.

— Lisandro? Aonde é que ele foi?

Preocupada e assustada, ela saiu à procura de seu amado.

Deitada em seu caramanchão, Titânia não era a única que estava dormindo na floresta.

 Feliz com Hérmia, eu? Lamento as horas de tédio que passei ao lado dela!
— *Lisandro*

A floresta não é nada silenciosa...
Terceiro ato

Na volta, Puck topou com Pedro Marmelo e seus amigos. Eles estavam ensaiando a peça a todo momento.

"Epa! Que é isso?", espantou-se o Diabrete. "Acho que também vou participar."

Puck se divertiu muito ao ver aqueles homens atrapalhados com suas falas, mas logo se cansou daquilo e imaginou uma travessura endiabrada.

"Aquele ali quer fazer alguma coisa diferente", pensou Puck, quando viu o Profundo ir para uma moita. "Vou pregar uma peça nele para melhorar o espetáculo. O sujeito parece meio burro; por que não vira logo um asno completo?"

Espalmando as mãos, o Diabrete fez surgir uma cabeça de burro na cabeça do Profundo.

Coitado dele, não sabia o que estava acontecendo. E, quando voltou da moita para continuar o ensaio, encontrou Tomás Focinho.

— Profundo! — exclamou o Focinho — Que aconteceu com você?

Os outros logo o rodearam.

— Ele se transformou em um burro! — gritou o Marmelo.

> O que estarão aprontando estes aqui?
> — *Puck*

Horrorizados, os amigos do Profundo fugiram dele na maior velocidade.

— O que é isso? Vocês estão brincando comigo... — disse o Profundo, que ainda não tinha ideia do que tinha lhe acontecido.

"É melhor me sentar e esperar que eles voltem. Vou cantar, para que vejam que não estou assustado", pensou ele.

E Titânia despertou de seu sono com a cantoria de Bottom, o Profundo...

Estremunhada, a rainha das fadas se espreguiçou e se sentou.

"De quem é essa voz tão doce?", perguntou Titânia a si própria, sem saber do feitiço de Oberon. Logo ela encontrou Profundo, o cantor.

— Você é o homem mais bonito que eu já vi! — exclamou Titânia, deitando-se aos pés dele.

— Eu? — o Profundo olhou em volta para ver se era com ele mesmo que ela falava.

— Você, sim! — replicou Titânia. — Venha para o meu caramanchão. Minhas fadas cuidarão de você.

Profundo nunca havia visto uma criatura tão linda na vida. Assim, se Titânia achava que era bonito, não seria ele que discutiria isso.

— Está bem — aceitou, sorrindo. — Acho melhor eu ir com você.

 Eu lhe suplico, gentil mortal, cante de novo. Meus ouvidos se enamoraram de suas notas musicais. — *Titânia*

Titânia e suas fadas assistentes levaram o Profundo para o caramanchão.

Puck não via a hora de contar as novidades a Oberon, que estava do outro lado da floresta:

— Melhor que isso, impossível!

Oberon riu bem alto quando Puck contou a história:

— Titânia, apaixonada por um homem com cabeça de burro! Mas e o ateniense?

— Por esse lado também resolvi tudo — respondeu o Diabrete, radiante.

Foi então que Demétrio e Hérmia apareceram. Por coincidência ou acaso, seus caminhos tinham se cruzado. Oberon puxou Puck para perto de si.

— Foi sobre esse ateniense que eu falei! — disse ele.

— A moça é essa, sim. Mas o rapaz, não... — Puck ficou confuso.

Oberon estava tão ocupado escutando Demétrio e Hérmia que nem respondeu.

— Você feriu Lisandro? — Hérmia perguntou a Demétrio, que a achou dormindo no lugar em que ela e Lisandro se encontravam. — Onde você o escondeu?

Está saindo melhor do que o planejado.
— *Oberon*

— Eu não toquei nele! — protestou Demétrio. — E não tenho ideia de onde ele esteja.

— Odeio você! Não suporto mais a sua presença! — gritou Hérmia, e fugiu entre as árvores.

"Acho que nunca vou conquistar o seu amor...", pensou Demétrio, deitando-se no chão, desanimado. Cansado da discussão, Demétrio fechou os olhos para descansar.

— Agora poderemos corrigir o erro — sussurrou Oberon para Puck, em seu esconderijo. — Vá buscar Helena!

Ansioso por agradar ao chefe, o Diabrete voou rápido.

Oberon espremeu suavemente o sumo restante da flor mágica nos olhos de Demétrio.

— Mestre! — sussurrou Puck. — Encontrei a moça... e o rapaz que eu confundi com o outro. Eles vêm para cá!

De fato, Helena surgiu, perseguida por Lisandro.

— Por que acha que eu minto? Eu amo você! — gritava ele.

— Isso foi combinado com Hérmia? — perguntou Helena. — Por que se divertem às minhas custas?

Demétrio acordou com a gritaria e, assim que abriu os olhos, a primeira pessoa que viu foi Helena.

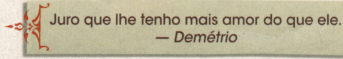

Juro que lhe tenho mais amor do que ele.
— *Demétrio*

— Helena! Minha linda! — chamou ele. — Você é perfeita! Posso lhe dar um beijo?

— Demétrio? — Surpresa, Helena não podia acreditar no que acabava de ouvir. O mesmo homem que a tinha rejeitado, agora dizia que a amava!

— Todos resolveram ficar loucos esta noite? Por que zombam de mim? — perguntou ela.

Antes, porém, que Helena pudesse perceber de fato o que ocorria, Hérmia apareceu.

— Lisandro! — gritou ela. — Procurei você por toda parte! Por que me deixou sozinha?

— Por que devia ficar com você se é Helena que eu amo? — perguntou Lisandro.

— Duvido que você ame Helena tanto quanto eu! — desafiou Demétrio.

— Vamos duelar para ver quem tem mais amor por Helena — propôs Lisandro.

Demétrio seguiu Lisandro até uma clareira, para a luta.

Agora era Hérmia que não podia crer no que ouvia. Ela olhou para Helena.

— Pensei que você fosse minha amiga — disse Hérmia. — Como pôde fazer isso comigo? Você fez todo mundo de bobo!

Por favor, parem de zombar de mim, não deixem que ela me machuque.
— *Helena*

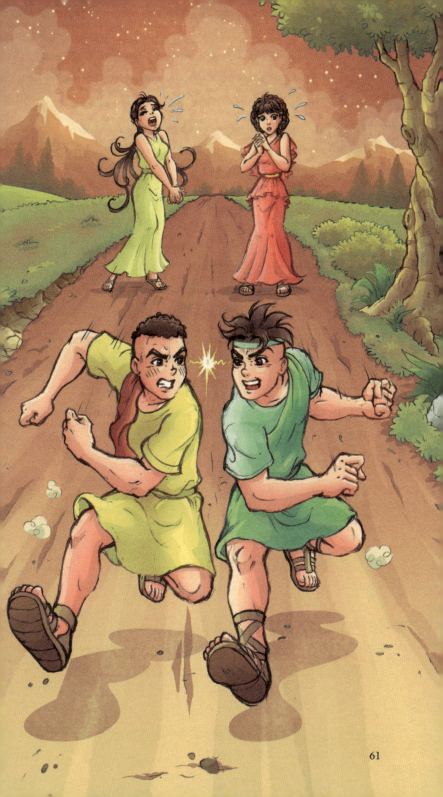

— Eu?! Eu fiz alguém de bobo? São vocês que estão me fazendo de boba! Vão embora e deixem-me em paz! — implorou Helena.

Hérmia ficou sozinha na floresta, sem entender nada.

— É tudo culpa sua! — sussurrou Oberon, zangado, para o Diabrete. — Se você não tivesse pingado o sumo da flor no rapaz errado, nada disto estaria acontecendo.

Puck ficou envergonhado.

— Vá atrás deles! — ordenou Oberon. — Não deixe que lutem. Leve esta planta com você e esprema o seu sumo nos olhos de Lisandro. Ele vai pensar que foi tudo um sonho.

Puck voou para cumprir a ordem. "Agora voltarei para a minha Titânia. Já chega de ver tantas brigas", decidiu Oberon.

O Diabrete encontrou Demétrio e Lisandro. Eles tateavam no escuro, cansados e confusos demais para lutar tão tarde da noite.

Enfim, desistiram do duelo.

Cada um foi para seu lado e encontrou uma moita macia para se deitar e dormir.

 Então libertarei seu olhar encantado da visão do asno horrível, e tudo voltará ao normal. — *Oberon*

Porém, antes que Puck fizesse o que Oberon tinha mandado, surgiu Helena. A pobre moça estava exausta depois de toda aquela confusão, e bocejou. Se voltasse para Atenas, só chegaria pela manhã. Então, sentou-se para aliviar as pernas cansadas, mas não conseguiu manter os olhos abertos. Num instante, dormiu.

"E aqui vem a outra moça", o Diabrete percebeu quando Hérmia também chegou àquele lugar. E também ela estava cansadíssima.

Hérmia se deitou. Ela ia ficar na floresta até que o dia seguinte raiasse.

Enfim, todos dormiam profundamente.

Determinado a corrigir os erros que tinha cometido, Puck se aproximou de Lisandro e espremeu nos olhos dele a erva que seu mestre lhe dera.

"Logo despertarão e tudo vai ficar bem", pensou o Diabrete.

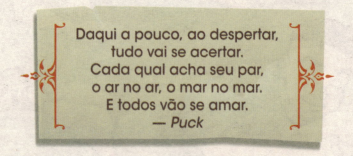

Daqui a pouco, ao despertar,
tudo vai se acertar.
Cada qual acha seu par,
o ar no ar, o mar no mar.
E todos vão se amar.
— *Puck*

Fim dos encantamentos
Quarto ato

O Profundo, com sua cabeça de asno, relaxava no caramanchão de Titânia. A rainha das fadas e suas assistentes cuidavam muito bem dele, que se deliciava com a situação.

— Meu docinho... — Titânia soprou no ouvido dele. — Que mais podemos fazer por você?

O Profundo pensou, pensou e... bocejou.

— Acho que ainda preciso dormir um pouco — concluiu ele.

— Claro, meu amorzinho — concordou Titânia. — Vou enrolar meus braços em volta de você para ficar bem quentinho...

Justamente no instante em que o parzinho começou a dormir, chegaram Oberon e o Diabrete.

— Acho até que estou com pena dela... — sorriu Oberon.

O Diabrete riu também.

— Mas esta bobagem já foi longe demais — disse Oberon. — É hora de tudo voltar ao normal. Puck, tire a cabeça de burro dele. Eu vou espremer esta erva nos olhos de Titânia para quebrar o encantamento.

> Está vendo que cena tocante?
> Estou com dó da ilusão dela...
> — *Oberon*

Assim, Oberon acordou sua rainha suavemente.

— Oberon? — Titânia esfregou os olhos. — Você não imagina que sonho engraçado eu tive! Estava apaixonada por um asno!

— Este é o homem que conquistou o seu coração — disse Oberon, apontando para o Profundo.

Titânia deu de ombros e disse:

— Oberon, é a você que eu amo.

— E eu amo você — completou Oberon. — Venha comigo, minha rainha. Nada de brigas daqui em diante!

O rei e a rainha dos seres encantados foram embora, enquanto o Profundo continuava dormindo... profundamente!

Enquanto o sol nascia, Teseu e Hipólita foram para a floresta com Egeu. Eles combinaram fazer uma caminhada matinal, preparando-se para o casamento à noite. Enquanto passeavam, encontraram Helena, Hérmia, Demétrio e Lisandro. Todos ainda dormiam entre as árvores.

— Que terá havido? — perguntou Teseu, virando-se para Egeu. — Não é hoje que Hérmia tem de tomar sua decisão?

Egeu fez que sim e Teseu mandou um servo tocar a trompa para despertar os quatro jovens.

— Já é hora de acordar! — chamou Teseu.

Belos enamorados, que bom vê-los!
— *Teseu*

Um a um, Hérmia, Lisandro, Helena e Demétrio abriram os olhos.

— Não sei como cheguei aqui — disse Lisandro —, mas acho que eu estava tentando fugir de Atenas com Hérmia.

— Helena me contou que vocês iam fugir. E eu pensava que amava Hérmia. Mas depois percebi que meu amor verdadeiro é Helena — explicou Demétrio, pegando a mão dela.

Teseu olhou para Lisandro e Hérmia e para Helena e Demétrio.

— Sei que não era isso que você queria, Egeu — disse ele —, mas parece que eles já decidiram quem ama quem.

Egeu assentiu, e olhou para sua filha.

— Então, que se casem — concordou ele.

— Parece que encontramos o que estávamos procurando — acrescentou Teseu, pegando a mão de sua noiva, Hipólita.

— Agora vamos voltar para Atenas e realizar o nosso casamento!

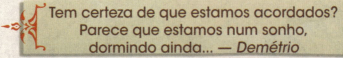

Tem certeza de que estamos acordados? Parece que estamos num sonho, dormindo ainda... — *Demétrio*

No caramanchão, o Profundo se espreguiçou. As fadas haviam ido embora. Teria sido tudo um sonho? Ele esfregou a cara e viu que não estava mais peluda como antes.

Tocou as orelhas e percebeu que não estavam mais tão compridas.

Ele tinha certeza de que uma linda moça havia lhe dado um beijo!

O Profundo coçou a cabeça. Não! Devia ter sido tudo um sonho, nada mais que isso. "É melhor procurar os meus amigos. Temos que ensaiar a peça!", concluiu ele.

O grupo estava reunido na casa de Pedro Marmelo.

— Ficamos todo esse tempo esperando! — exclamou Tomás Focinho. — Não podemos encenar a peça sem você, Profundo.

— Então, cheguei! — respondeu Profundo, feliz com o elogio. — E quando iremos para o palácio?

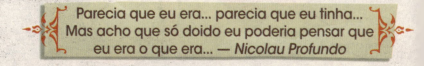

Parecia que eu era... parecia que eu tinha... Mas acho que só doido eu poderia pensar que eu era o que era... — *Nicolau Profundo*

A festa começa
—— Quinto ato ——

Atenas nunca tinha visto um casamento como aquele!

Teseu e Hipólita planejaram uma festa maravilhosa. Toda a cidade veio parabenizar os nobres noivos. Todos sabiam quanto o casal se amava de verdade.

O duque e sua noiva estavam tão felizes que convidaram Lisandro e Hérmia, além de Demétrio e Helena, para se casarem também naquele mesmo dia. E Egeu ficou feliz da vida com o casamento da filha!

Depois de realizadas as três cerimônias, todos se juntaram no palácio de Teseu para a grande festa.

Assim que acabaram de comer e beber, Teseu bateu palmas e disse:

— Onde estão os artistas?

Pedro Marmelo se adiantou corajosamente, fez uma reverência e anunciou:

— Majestade... nós... quer dizer... meus amigos e eu... seus servidores... ensaiamos uma peça!

— Excelente! — sorriu Teseu.

> Aí vêm os noivos, jubilosos e felizes
> a mais não poder.
> — *Teseu*

Bottom, o Profundo, e seus amigos deram o melhor de si. A plateia encantou-se com a simplicidade do texto e com as risadas causadas pela sinceridade da representação. Assim que a peça terminou, todos se levantaram e aplaudiram. O Profundo e seus companheiros estavam exultantes.

— Quer que mostremos alguma outra coisa, majestade? — perguntou ele, feliz com o sucesso.

Teseu fez que não com a cabeça.

— Assim já basta... — disse ele. — Agora vamos dançar. Já é quase hora de dormir.

Os atenienses dançaram até à meia-noite, quando Teseu bateu palmas novamente.

— Agora, todos para a cama! Já é a hora das fadas. Boa noite a todos!

Um após outro, os convidados foram saindo: Demétrio com Helena, Lisandro com Hérmia, e todos os outros. Daí a pouco, estavam todos com a cabeça no travesseiro.

> Queridos amigos, é hora de dormir.
> — *Teseu*

Lá no alto, acima do mundo terreno, Oberon e Titânia olharam para os mortais.

— Vamos impregnar o escuro com um pouco da luz das fadas, dos duendes e dos elfos — disse Oberon balançando a mão de leve.

— E vamos embalar o sono deles com o canto das fadinhas — acrescentou Titânia, acenando.

O coro das fadas começou a cantar, enquanto o rei e a rainha dos seres encantados voltavam ao caramanchão.

Puck, o Diabrete, que só aprontava, se virou para olhar Atenas.

— Ainda bem que tudo terminou bem — disse ele. — Boa noite a todos vocês!

Fim

Se por acaso ofendemos alguém, só queríamos trazer diversão e tudo acabou bem! — *O Diabrete*

Os três presentes do senhor D'Artagnan pai

Na primeira segunda-feira de abril de 1625, o burgo de Meung parecia estar no meio de uma revolução. A causa do barulho era um jovem...

Deixe-me descrevê-lo: cerca de 18 anos, vestindo um gibão de lã num tom que um dia tinha sido azul. Rosto longo, olhos inteligentes, nariz adunco, maxilares desenvolvidos. Na cabeça, um chapéu com uma pena. Nosso jovem tinha um cavalo com o pelo amarelo e sem crina na cauda, tão estranho quanto seu dono. Antes da partida, o senhor D'Artagnan lhe dissera:

— Na corte, para onde você está indo, mantenha seu nome digno como nossa família tem feito há mais de quinhentos anos. Nunca tolere ofensas, a não ser do Cardeal e do rei. Seja corajoso e não tenha medo de nada. Busque aventuras. Eu só tenho para lhe dar o cavalo, 15 escudos e esses conselhos. Sua mãe lhe dará a receita de um bálsamo capaz de curar todas as feridas que não sejam do coração. Agora, só me resta pedir que você procure o senhor de Tréville, que foi meu vizinho e amigo, e lhe entregue esta carta. Ele é o capitão dos mosqueteiros do rei. Faça tudo o que ele disser e você terá sucesso na vida.

O rapaz agradeceu, deixou os aposentos do pai e foi despedir-se da mãe, que chorou muito enquanto o abraçava e beijava. Em seguida, pôs-se a caminho de Paris.

Nada aconteceu até sua chegada a Meung. Entrava no burgo, quando viu um homem elegante conversando com duas pessoas. Os três riam e olhavam para ele. Foi o suficiente para D'Artagnan ter certeza absoluta de que só poderiam estar falando dele.

O jovem se enganou pela metade: falavam de seu cavalo.

Sentindo-se insultado, ele encarou o fidalgo. Reparou os olhos negros e vivos, o nariz grande, o bigode negro perfeitamente desenhado e a cicatriz que marcava a testa. Então gritou:

— Cavalheiro! Diga-me por que está rindo e riremos juntos.

— Não estou falando com você — respondeu o outro.

— Mas eu estou! — exclamou ele.

O desconhecido observou-o com um leve sorriso e disse para as duas pessoas:

— Este cavalo deve ter sido, na sua juventude, amarelo como um girassol.

— O senhor está rindo do cavalo, é? — gritou o jovem. — Quero ver se tem coragem de rir do dono!

Sem lhe dar atenção, o fidalgo virou-se, disposto a entrar na hospedaria.

Mas nosso herói não ia deixar uma ofensa daquelas passar em branco! Desembainhou a espada e por pouco não atingiu o fidalgo. Este imediatamente puxou a sua, cumprimentou o adversário como mandava a cortesia e se colocou em guarda, pronto para o duelo.

O dono da hospedaria impediu a luta, avançando sobre o jovem, no que foi seguido por outros homens. Após uma grande confusão e muita pancadaria, D'Artagnan desmaiou.

Quando tudo terminou, o fidalgo quis saber onde estava o jovem que o havia desafiado e se já haviam lhe examinado os bolsos. O dono da taverna informou:

— Ele está no quarto da minha mulher, senhor. No bolso, traz uma carta para o senhor de Tréville.

O fidalgo franziu a testa, pensando: "Uma carta para o senhor de Tréville? Será que ele mandou esse rapazinho para me vigiar? Preciso saber o que essa carta diz...". E ordenou em voz alta:

— Expulse esse patife daqui. Não quero que Milady o veja.

O hoteleiro obedeceu e D'Artagnan foi jogado na rua. Apesar de meio tonto, viu seu oponente conversando com uma mulher pela janela de uma carruagem. Ela era bela e jovem. No seu rosto pálido, emoldurado por cabelos loiros e encaracolados, brilhavam olhos azuis e lábios rosados.

— Então, Vossa Eminência me ordena que volte imediatamente para a Inglaterra — disse ela.

— Avise se o duque sair de Londres — completou o fidalgo. — Mais instruções a senhora encontrará dentro desta caixa. Mas só deve abri-la depois que chegar ao seu destino.

— Certo. E o senhor, o que fará?

— Volto para Paris.

— Sem castigar o insolente rapazinho?

O fidalgo ia responder, quando D'Artagnan gritou:

— É este insolente rapazinho quem vai castigá-lo! Agora o senhor não me escapa!

Mas não teve tempo de fazer nada, porque a dama disse para o fidalgo:

— Vá embora! Qualquer minuto a menos pode colocar tudo a perder! — E cada um foi para um lado, deixando o jovem furioso.

De volta à hospedaria, D'Artagnan usou a pomada milagrosa da mãe e, no dia seguinte, estava ótimo. Já se preparava para partir, quando deu falta da carta que deveria entregar ao senhor de Tréville. Procurou o papel por todo lado, mas foi impossível encontrá-lo.

— Foi aquele fidalgo quem roubou sua carta! — acusou o dono da hospedaria.

— Vou me queixar ao senhor de Tréville, que vai se queixar ao rei! — declarou D'Artagnan, puxando dois escudos da bolsa para pagar a hospedagem. E pôs-se a caminho.

Pouco antes de chegar a Paris, vendeu o cavalo e continuou o resto do trajeto a pé, levando sua bagagem debaixo do braço. Alugou um

quarto, descansou, costurou suas roupas rasgadas e foi se informar sobre o lugar onde o senhor de Tréville morava. Por sorte, ficava bem perto de onde ele estava.

Depois disso, contente com a maneira como as coisas tinham se desenrolado, sem remorsos pelo passado, confiante no presente e cheio de esperanças em relação ao futuro, D'Artagnan se deitou para dormir o sono dos bravos. Só acordou às 9 horas do dia seguinte, para encontrar-se com o senhor de Tréville, a terceira autoridade mais importante do reino, na opinião de seu pai.

O senhor de Tréville

O senhor de Tréville era o capitão dos mosqueteiros do rei, de quem era amigo de longa data. Era a única pessoa que os mosqueteiros respeitavam, embora ele não se importasse com o comportamento dos seus comandados — e eles aproveitavam para viver brigando e se metendo em duelos. Sem falar no tanto que provocavam a guarda do Cardeal Richelieu, que era quem realmente governava a França.

O poderoso Cardeal era ciumento. Quando viu a elite que cercava o rei, quis ter a sua guarda também. Criou-a nos mesmos moldes, o que explicava as grandes brigas que aconteciam entre elas. O rei e o Cardeal não se importavam e costumavam rir dessas rixas.

Quando D'Artagnan chegou à residência do senhor de Tréville, ficou impressionado ao encontrar a bagunça que a caracterizava, com os mais de cinquenta mosqueteiros se exibindo e se provocando. Após ser anunciado pelo lacaio, entrou na sala de audiências.

O senhor de Tréville estava de mau humor, mas mesmo assim saudou polidamente o jovem, e até sorriu para aquele sotaque que o lembrava de suas próprias origens. Ao mesmo tempo, pediu, com um gesto da mão, que ele esperasse um instante. E chamou:

— Athos! Porthos! Aramis!

Porthos e Aramis, mosqueteiros que estavam entre os fanfarrões, atenderam imediatamente ao chamado. D'Artagnan arregalou os olhos. Para ele, os dois eram como semideuses, enquanto o capitão era o próprio Júpiter com os raios na mão. Raios que foram lançados na forma de uma bronca horrorosa, que deixou D'Artagnan com vontade de estar muitos metros debaixo da terra.

— Sabe o que o rei me disse ontem à noite? — perguntou o senhor capitão furioso, andando de um lado para o outro da sala.

— Não, senhor, ignoramos — responderam os dois.

— Que passará a recrutar os seus mosqueteiros entre os guardas do senhor Cardeal!

Os dois coraram até o branco dos olhos, enquanto o chefe continuava:

— Não é possível que vocês não consigam se comportar! Eu já soube que ontem lutaram contra os guardas do Cardeal! — E, percebendo que faltava um mosqueteiro, perguntou: — E Athos, onde está?

— Está doente, senhor. Muito doente — respondeu Aramis.

— Doente, muito doente? E de qual doença? — gritou o capitão.

— Receio que seja varíola, senhor — disse Porthos, tristemente.

— Na idade dele? Está, sem dúvida, ferido. Talvez até morto! Ah, se eu soubesse... Que vergonha! — lastimou-se, recomeçando seu discurso de reprimendas. — Aramis, você, que estuda teologia e pretende ser padre, por que não coloca logo essa batina e desiste da vida de mosqueteiro? E você, Porthos, para que usar um cinturão de ouro se nele vai dependurar uma espada de palha?

— Eles nos atacaram, senhor! — Porthos estava furioso. — Nem tínhamos desembainhado a espada e já dois dos nossos tinham caído! Eles eram seis. Nós também éramos seis. Lutamos. Eles acertaram Athos. Foi isso que aconteceu. Que infortúnio, capitão! Não se pode ganhar todas as batalhas!

E Aramis completou:

— Tenho a honra de dizer que um dos que derrubei caiu com o fio de sua própria espada, porque a minha estava partida!

— Não sabia disso... — disse o capitão, mais calmo. — Talvez o senhor Cardeal tenha exagerado.

O senhor de Tréville gostava dos seus mosqueteiros e, após mais algumas palavras ásperas, já começava a dar mostras de que ia perdoá-los. Nisso, a porta se abriu, mostrando o rosto nobre e belo, mas terrivelmente pálido de Athos, que perguntou:

— O senhor me chamou? Estou aqui, senhor.

Todos os três gritaram seu nome ao mesmo tempo.

Comovido com a prova de coragem, o senhor de Tréville apertou fortemente a mão de Athos, causando ainda mais dor ao coitado, que já sofria muito com o ferimento no ombro, e ele desmaiou.

— Um médico! Chamem um médico! — gritou o capitão.

Foi uma confusão sem tamanho de gente entrando e saindo do gabinete. Quando finalmente tudo se acalmou, o senhor de Tréville lembrou-se de D'Artagnan.

— Gosto muito do senhor seu pai — disse ele. — O que posso fazer por você?

D'Artagnan respondeu que queria ser um mosqueteiro.

— Antes, você precisa se aperfeiçoar nos exercícios adequados a um fidalgo — orientou. — Vou escrever uma carta ao diretor da Academia Real e amanhã mesmo ele irá recebê-lo.

O jovem se lembrou da carta de recomendação do pai e contou toda a história de como ela tinha sido roubada. Mas foi aí que o senhor de Tréville se deu conta de algo... E perguntou:

— Esse fidalgo é alto e elegante, com pele clara e cabelo castanho?

— Sim — confirmou D'Artagnan.

— Tem uma cicatriz na testa?

— Sim... Espere! O senhor o conhece? — perguntou D'Artagnan.

Quando o senhor de Tréville confirmou, o jovem acabou contando tudo que tinha visto, inclusive sobre Milady, a mulher com quem o fidalgo conversou.

— E eu achando que Rochefort estava em Bruxelas! — murmurou. Voltando-se para o jovem, aconselhou: — Se você o vir na rua, é melhor que passe para o outro lado.

O senhor de Tréville sentou-se à escrivaninha para redigir a carta que prometera. Enquanto esperava, o jovem olhou pela janela e viu, no pátio, Rochefort, o fidalgo com quem tanto queria duelar. Não teve dúvidas, saiu correndo e gritando:

— Desta vez, esse ladrão não me escapa!

— Louco desvairado! — falou baixinho o senhor de Tréville. — A não ser que seja apenas uma forma de me enganar...

D'Artagnan se mete em mil confusões

D'Artagnan estava tão furioso quando atravessou a sala que desceu as escadas de quatro em quatro degraus. Acabou atingindo Athos, um dos mosqueteiros, que saía por outra porta e deu um urro de dor.

— Desculpe! Estou com pressa! — disse o jovem.

Mas o outro não aceitou desculpa nenhuma e eles acabaram marcando um duelo para resolver essa ofensa.

— Ao meio-dia, perto do Convento das Carmelitas Descalças — disse o mosqueteiro.

— Estarei lá! — gritou D'Artagnan de longe. E continuou correndo.

Na porta da rua, Porthos conversava com um guarda. D'Artagnan quis passar entre os dois e trombou neles. O mosqueteiro não gostou, os dois discutiram e acabaram marcando um duelo.

— Então, à uma hora, atrás do Luxemburgo.

E quando D'Artagnan se virou para continuar correndo na direção do fidalgo, percebeu que ele tinha desaparecido.

Só então o rapaz se deu conta de que não eram nem 11 horas da manhã e ele já tinha criado três problemas: tinha sido grosseiro com o senhor de Tréville e tinha arrumado dois duelos com homens que ele admirava, mosqueteiros capazes de derrubar três iguais a ele de uma só vez!

Certo de que seria vencido por Athos, D'Artagnan nem se preocupava mais com Porthos. Foi andando, perdido em seus pensamentos, e viu quando Aramis, que conversava com três guardas, deixou cair um lenço e tentava pisar sobre ele. D'Artagnan se abaixou para pegá-lo, dizendo:

— Creio que o senhor não gostaria de perder isso.

Reconhecendo a coroa e as armas ricamente bordadas no lenço, um guarda começou a rir:

— Ah, discreto Aramis, será que você conhece a senhora de Bois--Tracy? Creio que sim, pois ela até lhe empresta os seus lenços...

Aramis lançou um olhar assassino na direção de D'Artagnan e a discussão sobre se o objeto tinha caído ou não do bolso do mosqueteiro terminou com a frase de Aramis:

— Isso não pode ficar assim. Às 2 horas, terei a honra de esperá-lo na casa do senhor de Tréville. Lá, direi o lugar onde vamos duelar.

Agora D'Artagnan só tinha um consolo:

— Bem, pelo menos cairei pela espada de um dos mosqueteiros do rei!

Com pensamentos desse tipo, o jovem dirigiu-se ao Convento das Carmelitas Descalças, onde chegou quando as doze badaladas soaram.

Athos já esperava por ele. Sofria cruelmente, mas procurava manter uma expressão digna. Os dois se cumprimentaram com reverências, tirando o chapéu um para o outro. Athos disse:

— Senhor, convidei dois amigos para serem meus padrinhos. Em um minuto estarão aqui.

(Padrinho era a pessoa que defendia o cavalheiro em um duelo e garantia que a luta transcorresse de forma honesta.)

— Como cheguei ontem a Paris, só conheço o senhor de Tréville — respondeu D'Artagnan. — Não tenho ninguém para ser minha testemunha.

— Mas assim, se eu derrubá-lo, vou parecer um devorador de criancinhas! — Athos resmungou.

D'Artagnan ouviu e exclamou:

— De maneira alguma! O senhor está me honrando, quando, mesmo ferido, luta comigo. Aliás, senhor, se me permite, tenho um bálsamo miraculoso — ofereceu D'Artagnan. — Gostaria de experimentar? Em três dias estará curado e, então, resolveremos nossos problemas.

Athos pensou um pouco e acabou propondo:

— O mais correto é esperar pelos meus amigos. Ah, lá está o primeiro!

Ao ver Porthos, D'Artagnan gritou:

— O quê? Ele é a sua primeira testemunha?

— Sim. E eis a segunda.

— Aramis?! — exclamou D'Artagnan, surpreso.

— Então o senhor não sabe que somos chamados por todos de "Os três inseparáveis"?

Já as duas testemunhas se aproximavam e, espantadas, saudaram o jovem D'Artagnan.

— É com ele que vou duelar — contou Porthos.

— Mas só à 1 hora — explicou D'Artagnan.

— Eu também! — disse Aramis.

— Mas só às 2 horas — explicou D'Artagan novamente.

Os duelantes mal tinham acabado de sacar suas espadas, quando Porthos gritou:

— Os guardas do Cardeal! Guardem suas espadas, senhores, guardem suas espadas!

Mas era tarde demais. Eles já tinham sido vistos.

— Ah, estão se preparando para duelar, mosqueteiros? E as proibições, para que servem? — disse o chefe. — Estão presos. Façam a gentileza de nos acompanhar.

É claro que os mosqueteiros não aceitaram o "convite". Outro tipo de luta ia começar.

— Eles são cinco — disse Athos, baixinho. — Nós somos apenas três.

— Perdão, senhor — era a voz de D'Artagnan. — Nós somos quatro.

— Mas o senhor não é dos nossos — disse Porthos.

— Posso não ter o uniforme de mosqueteiro, mas tenho a alma e o coração de um — respondeu D'Artagnan.

Os nove se engalfinharam e logo apenas um dos guardas do Cardeal estava em bom estado.

Os quatro vencedores foram cantando e festejando para a casa do senhor de Tréville. Antes de entrar, D'Artagnan comemorou:

— Mesmo que eu não seja ainda um mosqueteiro, pode-se dizer que sou um aprendiz, não é mesmo?

Sua Majestade, o rei Luís XIII

A história deu o que falar. Em voz alta, o senhor de Tréville deu a maior bronca nos mosqueteiros, mas em voz baixa os felicitou. Contou todos os detalhes ao rei, que quis cumprimentá-los, bem como ao jovem D'Artagnan, que fora tão corajoso.

Para os mosqueteiros, era rotina, mas para D'Artagnan ver o rei de perto era uma grande novidade. Ele mal dormiu aquela noite. Nem eram 8 horas da manhã e ele já estava na casa de Athos.

O dono da casa estava pronto para sair. Ia se encontrar com os amigos para disputar uma partida de pela (jogo praticado pela antiga nobreza europeia que consistia em atirar uma bola — a pela — de um lado para o outro com a mão ou com o auxílio de uma raquete, bastão ou pandeiro em local aparelhado) perto das estrebarias do palácio de Luxemburgo. Convidou D'Artagnan e ele aceitou, mesmo não conhecendo as regras do jogo. E lá foram eles...

Mas Athos não conseguiu jogar. Sua ferida no ombro ainda era muito recente. Desistiu. Após um arremesso de Porthos que quase lhe acertou o rosto, D'Artagnan também abandonou o jogo, receoso de se machucar e ser impedido de se encontrar com o rei.

Infelizmente para o jovem D'Artagnan, entre os espectadores havia um guarda de Sua Eminência, o Cardeal Richelieu, que jurara vingar a desfeita da noite anterior. Achando que era uma ótima oportunidade, provocou D'Artagnan, até que ele não resistiu e puxou a espada...

Apesar de toda a experiência do guarda, cujo nome era temido, o jovem conseguiu acertá-lo. Outros guardas vieram em seu socorro, os três mosqueteiros entraram na luta para socorrer o amigo, e mais gente entrou na confusão, que só fazia crescer. As coisas só não ficaram piores porque o relógio deu onze badaladas e D'Artagnan se lembrou do compromisso. Assim, eles foram embora.

Quando o senhor de Tréville ficou sabendo, falou:

— Vamos logo que preciso contar esta aventura ao rei antes que o Cardeal conte a sua própria versão. Vou dizer que foi uma continuação da briga de ontem e tudo vai ficar bem.

Mas foi ainda melhor. O rei em pessoa cumprimentou os quatro e ainda presenteou D'Artagnan com um saco cheio de moedas de ouro!

— Agora chega, senhores! — disse o rei. — Já tiveram a sua revanche e devem estar satisfeitos.

— Se Vossa Majestade está satisfeita, nós também estamos — respondeu o senhor de Tréville.

— Posso contar sempre com a dedicação dos senhores?

— Claro, senhor! — gritaram, juntos, os quatro companheiros. — Nós nos deixaríamos picar em pedacinhos por Vossa Majestade!

— Bom, bom, mas vivos me serão mais úteis — disse o rei, despedindo-se deles.

E, bem baixinho, falou só para o senhor de Tréville ouvir:

— Como para ser mosqueteiro é preciso fazer um noviciado, peço que arranje um lugar para o jovem D'Artagnan na companhia de guardas do senhor des Essarts, seu cunhado. Ah, Tréville, começo a rir da cara que o Cardeal vai fazer! Ele vai ficar furioso! Mas tudo bem, estou no meu direito...

Assim que os quatro amigos saíram do Louvre, começaram a discutir o que iriam fazer com o presente do rei. Athos sugeriu que encomendassem uma boa refeição e Porthos, que D'Artagnan arranjasse um lacaio para servi-los. E tudo foi feito com tal rapidez que, quando o almoço chegou, foi servido por Planchet, o novo lacaio.

D'Artagnan era um jovem curioso e, à medida que os quatro iam estreitando os laços de amizade, quis se informar sobre a vida dos amigos. Escondido sob seus nomes de guerra, cada um deles tinha um nome de família, que procurava manter em segredo. E na vida pessoal?

O jovem não conseguiu saber muita coisa. Porthos contou que Athos era um grande jogador, mas perdia sempre. Tinha sido traído por uma mulher, mas ninguém conhecia a história completa. Athos contou que Porthos era vaidoso e indiscreto, mas uma pessoa realmente amada, sobretudo por uma certa princesa estrangeira. E Aramis confessou a D'Artagnan que seu sonho era se dedicar à religião. Até contou:

— Aquele lenço, lembra-se? Foi esquecido em minha casa por um amigo. Eu não poderia comprometê-lo, compreende? Não tem nada a ver comigo, de fato.

E D'Artagnan não conseguiu arrancar mais nada de nenhum deles.

Uma intriga na corte

Estava D'Artagnan em seu quarto, reclamando com Athos da falta de dinheiro, quando alguém bateu à porta. Era o senhor Bonacieux, o senhorio.

— Na certa vem cobrar o aluguel, que há três meses não pago... — suspirou D'Artagnan, enquanto Athos saía de fininho.

Mas o que ele queria realmente era pedir ajuda, e contou:

— Ouvi falar muito bem do senhor e decidi lhe confiar um segredo. Minha sobrinha... — E começou a chorar. — Ela é... afilhada do senhor de La Porte, sabe? Ele arranjou para ela um emprego de cuidadora... das roupas... da rainha. Pois ontem... ela foi sequestrada!

— E por quê? Por quem? — perguntou D'Artagnan.

— Eu desconfio de um homem que a persegue já faz algum tempo, senhor. Mas não é por amor à minha sobrinha. É por uma dama muito maior do que ela.

Num sussurro, D'Artagnan arriscou os nomes das maiores damas da sociedade francesa da época. Bonacieux fazia que "não" com a cabeça e com a mão um gesto de "mais alto".

— Seria a... rainha? — perguntou, pronunciando a palavra apenas com o movimento dos lábios.

— E com quem? — O jovem não pôde deixar de perguntar, surpreso, diante do movimento afirmativo da cabeça do senhorio.

— O duque de...

— ... Buckingham? — Como o homem não se animava a dizer, D'Artagnan teve de ajudar.

Ele fez que sim com a cabeça, devagar.

— Não pode ser! Como você sabe disso tudo?

— Constance, minha sobrinha, é confidente de Sua Majestade — ele esclareceu. — Ela contou que o senhor Cardeal persegue a rainha e quer vingar-se dela. Alguém escreveu uma carta para o duque de Buckingham em nome da rainha, para fazê-lo vir a Paris, o que seria uma cilada.

— Mas o que tem a sua sobrinha a ver com isso? — perguntou D'Artagnan. — Conte mais!

— Todos sabem como ela é devotada à rainha. Querem usá-la, é claro. Não conheço o homem que a raptou, mas já o vi de longe. — E o senhor Bonacieux o descreveu.

— O quê? Uma cicatriz na testa? — gritou o jovem. — Mas este eu também conheço! E então?

— Hoje recebi uma carta ameaçadora, dizendo que não devo procurar Constance. Então, pensei: "Vou pedir a ajuda do senhor D'Artagnan, que está sempre cercado dos mosqueteiros do rei, que são inimigos do senhor Cardeal". — Fez uma pequena pausa. — Se o senhor me ajudar, jamais voltaremos a falar de algum pagamento de aluguel. E ainda lhe ofereço essas 50 moedas de ouro...

D'Artagnan só teve tempo de concordar e pegar as moedas, já o senhor Bonacieux gritava:

— Veja, nosso homem está lá embaixo, na rua!

O jovem deu uma olhada para o lugar que o senhorio indicava e saiu correndo. Ainda tropeçou com os mosqueteiros que chegavam, mas voltou decepcionado, meia hora depois.

— Sumiu! Só espero não perder um ótimo negócio! — E contou tudo aos outros três.

Eles ficaram felizes com o dinheiro que tinham recebido e com muita pena da rainha.

— O rei a abandona, o Cardeal a persegue e ela vê tombar uma a uma a cabeça dos seus amigos... — disse Athos. — Mas por que ela insiste em gostar dos espanhóis e dos ingleses, que nós detestamos?

— Nada mais natural — explicou D'Artagnan. — A Espanha é a sua pátria. Mas eu ouvi falar que não é dos ingleses que ela gosta, é de "um" inglês...

— Muito elegante, por sinal. E generoso. No dia que entrou no Louvre distribuindo pérolas, fiz um bom dinheiro com as duas que peguei! — contou Aramis.

Nisso, o senhor Bonacieux entrou gritando por socorro, seguido de quatro guardas que queriam prendê-lo. Os mosqueteiros desembainharam as espadas, mas D'Artagnan lembrou:

— Nós o ajudaremos melhor se estivermos livres.

Então eles permitiram que o pobre homem fosse levado, sob intensos protestos do próprio.

— Nós estamos todos juntos nisso! — lembrou Athos. — E em guerra contra o Cardeal!

— Um por todos! E todos por um! — gritaram juntos os quatro amigos, erguendo suas espadas.

104

D'Artagnan se apaixona

Depois que os mosqueteiros foram embora, D'Artagnan fez um buraco no chão para poder vigiar a casa dos Bonacieux, onde alguns guardas do Cardeal tinham se instalado. Dali, era possível acompanhar tudo o que se passava no andar de baixo: os interrogatórios, as conversas, os planos.

Na noite seguinte à do sequestro, D'Artagnan viu quando uma mulher entrou na casa e foi agarrada na mesma hora. Ela gritava:

— Soltem-me! Sou a Constance e esta é a minha casa!

D'Artagnan deu ordens a Planchet para chamar os amigos e foi lá enfrentar os quatro homens, o que não foi difícil, pois só um estava armado. Em dez minutos, eles saíram correndo e D'Artagnan já estava cuidando da jovem mulher, que desmaiara.

Ele estava maravilhado com a beleza dela! Morena, encantadora e charmosa, ela agradeceu muito ao seu salvador e contou que fugira aproveitando a distração do guarda. Ele respondeu que sabia de tudo, acrescentando ao relato o que ela ignorava. Concluíram que tinham de sair logo dali, pois os homens iriam voltar com reforços. Então, D'Artagnan a levou para a casa de Athos e, de posse das senhas que ela lhe dera para acessar o palácio do Louvre, foi avisar o senhor de La Porte que precisavam de ajuda.

Voltava inebriado, sonhando com a bela e misteriosa mulher, quando viu um vulto encapuzado na porta da casa de Aramis. Reconheceu Constance. Ele pediu explicações, mas ela jurou que não podia lhe dizer nada. E perguntou o que ele fazia ali.

— Eu não estava espionando, senhora... É que eu me apaixonei... — disse ele.

106

— Por mim? Tão depressa? — Ela riu. — Agora não é hora para isso! Por favor, senhor, fique longe de mim, se não quiser ter mais problemas! Eu não posso lhe contar o que estou fazendo aqui!

Ela se afastou. Mas seus olhos prometiam novos encontros.

Ele a seguiu e viu quando ela se encontrou com um outro homem. Ele vestia um uniforme de mosqueteiro. Os dois traziam capas e capuzes bem junto ao rosto, para não serem reconhecidos. Enciumado, D'Artagnan teve certeza de que o homem era Aramis.

— Constance! Então este é o segredo que não pode me contar! — gritou, segurando-a pelo braço.

O homem falou com forte sotaque inglês:

— Mas o que está acontecendo aqui?

— Ah, o senhor não é Aramis! — exclamou D'Artagnan.

Foi a maior confusão.

— É só um amigo meu, Milorde, que está com ciúme. Nós nos amamos — explicou a mulher.

— Milorde? Agora entendo! — exclamou D'Artagnan, completando: — É isso mesmo. Nós nos amamos...

E ele se ofereceu para escoltar o duque de Buckingham até o palácio do Louvre, onde entraram sem o menor problema.

O colar de diamantes

O duque percebeu que aquele chamado a Paris era uma armadilha, mas nem se preocupou. Ele era assim mesmo, gostava de aventuras e romance. Por isso, resolveu que não voltaria para a Inglaterra sem ver a rainha. Naquele momento, esperando pela amada no palácio do Louvre, ele se olhou no espelho e pensou que ficava realmente muito bem com o uniforme de mosqueteiro.

Além de rico e poderoso, o duque de Buckingham era um homem bonito, com os cabelos loiros, bigode e porte de príncipe. Estava acostumado a ter todos os seus caprichos satisfeitos, por isso não era de se estranhar que tivesse despertado o amor no coração da orgulhosa Ana da Áustria — filha do rei da Espanha e de uma arquiduquesa da Áustria.

Ela entrou. Tinha 26 anos e estava no esplendor da sua beleza. Seus cabelos castanhos, seus olhos lançando reflexos e sua boca pequena e vermelha deixaram o duque fascinado. Nunca a vira tão bela! Atrás dela vinha dona Estefânia, sua dama de companhia espanhola.

— Há três anos eu a vi pela primeira vez, senhora. Desde então, só faço amá-la! — exclamou o duque, exaltado.

— Eu jamais disse que o amava, senhor — respondeu ela, séria.

— Mas também nunca disse que não amava... — retrucou ele.

— Fiz um juramento ao rei e não vou quebrá-lo. O senhor sabe, a carta que o trouxe aqui é falsa...

— Não tem importância, minha senhora. Estou aqui. E a amo de todo o coração! — declarou ele. — Amo-a com um amor que é pura loucura...

— Por favor, senhor duque... Por favor... — murmurava ela, mas não conseguia esconder seu ar de felicidade.

— Senhora, peço que me dê uma lembrança sua, qualquer coisa que tenha tocado a sua pele, para que eu a possa adorar! — pediu ele.

A rainha foi aos seus aposentos e trouxe um cofre com as suas iniciais bordadas a ouro, que entregou ao duque. Dentro havia um colar com doze agulhetas de diamantes, último presente que o rei lhe dera.

O duque agradeceu e beijou a mão dela. E partiu.

Quando o Cardeal soube por seus espiões o que tinha acontecido no Louvre na calada da noite, mandou chamar um mensageiro, ordenando que ele entregasse tão rápido quanto possível uma mensagem para Milady, que dizia:

Encontre o duque de Buckingham no próximo baile. Ele terá consigo um colar com doze agulhetas de diamantes. Roube duas e me avise assim que as tiver em seu poder.

O plano do Cardeal era simples. Iria sugerir ao rei que fizesse um baile para alegrar a rainha; e insinuar que ela deveria usar o presente mais recente que tinha recebido dele: o colar com as agulhetas de diamantes. Assim, Sua Eminência tratou de ir correndo contar ao rei que o duque tinha vindo a Paris, secretamente, com toda a certeza para conspirar junto aos inimigos da França, plantando a suspeita na cabeça de Sua Majestade.

— O senhor acha que a rainha tem alguma coisa com esse duque? — o rei perguntou.

— A rainha conspira contra o poder do rei. Não tem nada a ver com amor — respondeu Richelieu.

O rei se acalmou. Mas a pobre rainha ficou apavorada quando o marido falou do baile. Por sorte dela, Constance, que ficara presa dentro da rouparia, ouviu a conversa entre os soberanos.

— Posso ajudá-la, Majestade — disse a serviçal. — Confie em mim. Escreva uma carta ao duque pedindo que ele lhe devolva a joia. Arranjarei uma pessoa para fazer tudo como deve ser.

— Obrigada, querida! — exclamou Ana da Áustria, beijando a moça.

Uma surpresa horrível

Constance foi para casa pensando em enviar o tio a Londres. Sabia como ele gostava de dinheiro, e a rainha lhe dera um anel para vender. Mas descobriu que ele havia sido preso... Estava desolada, sem saber o que fazer, quando D'Artagnan, que tinha ouvido toda a conversa pelo buraco que fizera no chão de seu apartamento, prontificou-se a cumprir aquela missão. Apaixonado pela moça como estava, o mosqueteiro adorou a ideia de servi-la. Ela concordou, aliviada.

O jovem foi procurar o senhor de Tréville, que como sempre o ajudou em tudo: solicitou uma licença para ele com o senhor des Essarts e dispensou Athos, Porthos e Aramis para que o acompanhassem.

A viagem foi cheia de percalços. O Cardeal enviou seus homens para impedir que D'Artagnan e os mosqueteiros chegassem a Londres, mas nada foi capaz de detê-los. Usando de inteligência e coragem, mas também contando com uma dose daquela boa sorte que sempre os acompanhava, D'Artagnan conseguiu chegar ao destino e entregar a carta.

Muito apaixonado, o duque fizera um santuário para guardar a lembrança que a amada lhe dera.

— Quando você voltar, descreva tudo isso para ela.

Ao abrir o pequeno cofre, porém, teve uma surpresa horrível:

— Não é possível! — gritou. — Faltam duas agulhetas!

— Milorde as perdeu ou acredita que foram roubadas? — perguntou D'Artagnan.

— Roubadas! Só pode ser outro golpe do Cardeal! — respondeu o duque. — Fui ao baile do rei com elas, há oito dias... Foi a única vez que as usei. A condessa de Winter, que chamam de Milady, me procurou, me abraçou... Veja, as fitas que as prendiam foram cortadas com uma tesoura! Foi ela! Fingida! Ela é agente do Cardeal, pode apostar!

— Esse homem tem agentes no mundo inteiro! — exclamou D'Artagnan, entre surpreso e admirado.

— Com certeza... Mas me diga, senhor, quando é o baile?

— Na próxima segunda-feira.

— Temos cinco dias. É mais do que suficiente.

Mandou chamar seu ourives, a quem ofereceu muito dinheiro para fazer as duas agulhetas.

— Agora, descanse e recupere suas forças — disse a D'Artagnan. — Mandarei preparar sua viagem de volta: um navio o esperará no porto e cavalos descansados estarão à sua disposição em cada trecho do caminho. Mandei fechar os portos e nenhum navio partirá sem a minha autorização. Eu disse ao meu secretário que declarei guerra à França.

D'Artagnan agradeceu, impressionado com o poder do duque.

O baile

Dois dias depois, o jovem refez o mesmo trajeto da ida, reencontrando seus amigos. Os três estavam bem dispostos. Tinham vivido mais aventuras e tudo que desejavam era devolver as doze agulhetas de diamantes para a rainha, cumprindo a sua missão. Mas não foi assim tão fácil...

Enquanto eles corriam, na corte não se falava em outra coisa que não fosse o baile. E o dia tão aguardado chegou. Dos mosqueteiros, porém, nem sinal!

O rei apareceu. Seu rosto contava que estava preocupado com alguma coisa. Em seguida veio a rainha, que também apresentava um ar triste no rosto pálido. Ao vê-la, o rei perguntou:

— Por que a senhora não está usando as agulhetas, conforme pedi?

— Achei que poderia acontecer alguma tragédia a elas, no meio de tanta gente... — respondeu a rainha.

— Nada acontecerá. Se eu as dei de presente à senhora, certamente foi para que todos as vissem! — completou ele.

O olhar da rainha caiu sobre o Cardeal, logo atrás do rei. Ele sorria seu sorriso mais diabólico.

— Posso mandar buscá-las, senhor, se faz questão — sugeriu Ana da Áustria.

— Sim, faça isso, senhora. E rápido. O baile vai começar em uma hora — concordou o rei.

A rainha se afastou, sumindo por uma porta. O Cardeal se aproximou do marido dela, a quem entregou uma linda caixa.

— O que significa isso? — Estranhou o rei, ao abri-la e ver duas agulhetas de diamantes recortadas contra o veludo.

— Nada — respondeu o Cardeal. — Mas quando a rainha voltar, conte as agulhetas do colar que adornará seu pescoço. Se faltarem duas, pergunte a ela quem as roubou.

O rei não teve tempo de dizer nada, pois outras pessoas se aproximaram para conversar com ele.

Pouco depois, quando a rainha voltou, as agulhetas brilhavam sobre seu colo. O rei estremeceu de alegria e o Cardeal, de raiva. Mas ainda faltava confirmar quantas elas eram.

A música começou, dando início ao baile. O protocolo mandava que os soberanos dançassem com outros pares, por isso, durante uma hora o rei ficou ansioso, sem conseguir contar as agulhetas, quando a rainha passava rodopiando por ele. Finalmente, ele pôde parar em frente a ela e dizer:

— Agradeço, senhora, por ter mandado buscar o colar. Como faltam duas agulhetas, vim trazê-las.

— Como, senhor?! — exclamou ela, surpresa. — Vossa Majestade me oferece mais duas agulhetas? Agora serão quatorze!

O rei contou-as, e eram doze no colar. Então mandou chamar o Cardeal.

— O que significa isso? — perguntou num tom bastante severo.

— Ah, foi uma brincadeira que inventei, para ter a oportunidade de oferecer este presente à nossa rainha! — respondeu o Cardeal, impassível.

Ela riu, demonstrando que não acreditava em uma única palavra, e declarou:

— Obrigada, Eminência. Tenho certeza de que essas duas devem ter lhe custado o que custaram as doze para Sua Majestade.

Aproveitando o momento, o senhor de Tréville se aproximou dos soberanos e pediu à rainha que aceitasse D'Artagnan como seu mosqueteiro. Ela, é claro, não apenas concordou como ainda presenteou o jovem com um anel que trazia no dedo.

— Então vamos fazer isso agora mesmo! — ordenou o rei. Ele também estava feliz.

E foi assim que o jovem D'Artagnan recebeu a capa, a espada e o chapéu de mosqueteiro.

Após a cerimônia, seus amigos, que também tinham sido convidados para o baile, levantaram as espadas e os quatro festejaram, gritando juntos:

— Um por todos! E todos por um!

O velho lobo do mar

O meu nome é Jim Hawkins. Vou contar para vocês a história da Ilha do Tesouro, que aconteceu há muito tempo, quando eu era ainda bem jovem. O meu pai estava doente, por isso comecei a trabalhar na hospedaria do Almirante Benbow com minha mãe. Assim, podia ajudar nas despesas de casa.

Certo dia, apareceu por lá um velho marinheiro, com o cabelo totalmente ensebado e preso por um rabo de cavalo. O homem queria um quarto para dormir. Seu rosto e suas mãos sujas estavam repletos de cicatrizes. Ele vestia um casaco azul-marinho bem surrado e puxava um velho baú, que nunca abriu enquanto esteve na hospedaria. Ah, ele às vezes cantava uma velha música de marinheiros que nunca mais esqueci:

Quinze homens sobre o baú do morto!

Iô-rô-rô, e uma garrafa de rum!

O nome dele era Billy Bones. Muitas vezes, incomodava outros hóspedes com sua cantoria exagerada e suas histórias cabeludas. Bones prometeu me dar uns trocados todo mês, só para lhe avisar se um marinheiro perneta, de quem ele morria de medo, aparecesse à sua procura.

O velho marinheiro até me deu uns trocados no primeiro mês, mas depois de um tempo não pagava mais nem a hospedagem. Minha mãe, com pena do coitado, não tinha coragem de cobrar a conta. Apenas o Dr. Livesey, que vinha atender o meu pai, enfrentava o homem.

Numa manhã gelada, apareceu um homem perguntando por um tal "camarada Billy". Quando Bones viu o sujeito, ficou branco de susto.

— Black Dog! — disse ele, quase se engasgando.

Eles se sentaram para conversar. Eu fiquei por ali, rodeando os dois, só tentando ouvir o que diziam. Billy Bones e o homem discutiam baixinho, até que Bones gritou:

— Não! Mil vezes não! De jeito nenhum!

Ouvi o barulho de cadeiras e mesas sendo reviradas e, em seguida, o ruído de aço contra aço. Black Dog correu para fora da hospedaria e Billy Bones foi atrás dele. Ambos tinham sacado as espadas.

Quando Bones voltou, quase não se aguentava em pé.

— Preciso ir embora daqui! — comentou baixinho e, logo em seguida, desmaiou.

O Dr. Livesey cuidou dele, e nos disse que o velho marinheiro não estava bem de saúde.

— O homem precisa de repouso — disse o médico — e não pode mais beber. — Minha mãe, o médico e eu demos um duro danado para colocar o marujo na cama. Billy acordou logo depois, pedindo uma garrafa de rum. Não adiantou falar sobre as recomendações médicas, ele nem deu bola! Quando eu lhe trouxe a bebida, ele disse baixinho:

— Jim, como confio muito em você, vou lhe contar uma coisa. Eu era imediato de um pirata muito famoso, o capitão Flint. Antes de morrer, ele me entregou o mapa de um tesouro, que eu guardo dentro do meu velho baú. Mas ando com muito medo, porque os meus velhos amigos querem tirá-lo de mim.

 # A marca negra

Meu pai se curou e resolveu procurar um emprego melhor em outra cidade. Por conta disso, esqueci os problemas de Billy. Mesmo assim, minha mãe e eu continuamos a lhe dar remédios. Só que ele estava cada vez mais fraco e, o pior, não parava de beber.

Dias depois, um homem cego com uma bengala e uma tira de pano verde sobre os olhos entrou mancando pela porta. Ele pediu que o levasse até Billy Bones, que estava no salão, totalmente embriagado.

— Um amigo seu está aqui — eu lhe disse.

Bones levantou a cabeça e melhorou da bebedeira na hora quando viu o visitante.

— Blind Pew! — sussurrou ele.

— Garoto — chamou o visitante —, pegue esse marujo pelo punho e traga-o até junto da minha mão direita.

Fiz o que ele pediu e percebi que o homem cego havia colocado alguma coisa na mão de Billy.

— Você já está avisado, Billy Bones — disse o homem cego, antes de sair esquadrinhando o caminho até a porta. Blind Pew seguiu ladeira abaixo, mas ainda pude ouvir as batidas da sua bengala ao longe, até sumirem.

Logo em seguida, Billy Bones olhou para o papel que estava em sua mão.

— É a marca negra! — ele gemeu, apavorado. — Isto é um aviso, Jim. Quer dizer que meus antigos companheiros vêm me pegar. Tenho de fugir.

Mas Bones não tinha forças e logo caiu, estendido no chão. O pobre coitado havia passado desta para melhor.

Contei o que sabia sobre o velho marinheiro e o seu baú para a minha mãe. E ela concluiu que, se os companheiros dele voltassem, nós estaríamos em perigo.

Como Billy nos devia muito dinheiro pela hospedagem e pelas refeições, decidimos abrir aquela arca velha para ver se havia alguma quantia dentro dela.

O baú estava lotado de quinquilharias, além de alguns papéis enrolados num embrulho impermeável e um saquinho de moedas. Quando começamos a contar os trocados, ouvi o "toc-toc" de uma bengala. Era Blind Pew que tinha voltado... e trouxera outros piratas com ele!

Juntamos tudo o que pudemos, pulamos pela janela e nos escondemos onde podíamos ver os piratas invadir a hospedaria. De repente, um deles colocou a cabeça para fora de uma das janelas e gritou:

— Não está aqui. Deve estar com o garoto! Procurem-no!

Naquele momento, apareceram uns cinco soldados a galope. Os piratas fugiram rapidamente dali. Quero dizer, todos exceto Blind Pew, que ficou tão confuso que os cavalos o atropelaram.

Os soldados tinham visto quando os piratas invadiram a hospedaria e agiram rápido. Eles estavam preocupados comigo e com a minha mãe.

Depois que o susto passou, resolvemos procurar o Dr. Livesey, para saber o que poderíamos fazer com aquelas coisas que estavam dentro do baú.

Os documentos do capitão

O Dr. Livesey jantava com um amigo, o Sr. Trelawney, e ficou muito interessado na história que contei sobre Billy Bones. Abrimos o embrulho impermeável. Dentro dele estava um caderno cheio de anotações de datas, nomes de navios e lugares, e quantias em dinheiro.

O Sr. Trelawney, folheando as páginas do caderno, percebeu que se tratava do livro-caixa do velho marujo, e exclamou:

— Aqui estão os nomes de todos os navios que aquele velho pirata atacou com os seus comparsas, as quantias que roubaram e até o local em que enterraram o tesouro. Vejam só, tem até um mapa!

Fiquei todo arrepiado quando vi que era o mapa do tesouro de que Billy Bones tinha falado. O médico e seu amigo ficaram entusiasmados com todas aquelas coisas.

— Livesey — disse o Sr. Trelawney —, vou ao porto de Bristol amanhã. Em menos de um mês, conseguiremos equipar um navio e reunir uma tripulação. Você, Jim, será nosso grumete!

— Como assim? — perguntei — O que é grumete?

— Grumete é um aprendiz de marinheiro. Sei que existe um tesouro escondido... e pretendo encontrá-lo! — completou o Sr. Trelawney.

— Vou com você — animou-se o médico —, mas não conte nada disso a ninguém, ou nós estaremos perdidos.

Trelawney concordou de imediato e saiu cantarolando, feliz da vida!

Um mês depois, eu já estava na diligência do correio, rumo a Bristol. O navio que o Sr. Trelawney comprou se chamava *Hispaniola* e estava pronto para zarpar. O capitão Smollett já havia reunido todos os marinheiros, recrutados com a ajuda de Long John Silver, um velho cozinheiro de navio.

— Quando partiremos? — perguntei, ansioso.

— Amanhã! — respondeu o capitão, com os olhos brilhando. — Mas agora preciso que você leve um recado do Sr. Trelawney para Long John.

Ele me entregou um bilhete e explicou como encontrar o cozinheiro, que trabalhava na Taverna da Luneta. Enquanto seguia pelas docas, vi marinheiros que andavam pelo cais com o peito estufado e o nariz empinado, cheios de si. Vários deles usavam rabo de cavalo, como o velho Billy Bones, outros tinham brincos de argolas e costeletas encaracoladas.

Navios de todos os tamanhos estavam ancorados no cais. Em alguns, os marinheiros ficavam dependurados no cordame e cantavam alto. Embora eu tivesse vivido no litoral desde que nasci, senti que nunca estivera tão perto do mar como naquele momento. E, o melhor, prestes a velejar para uma ilha desconhecida, em busca de um tesouro enterrado! Eu mal conseguia conter o entusiasmo pela aventura que me aguardava.

A Taverna da Luneta tinha cortinas vermelhas rendilhadas e uma tabuleta recém-pintada. Espiei pela janela e vi que quase todos ali eram marujos. Até fiquei com certo receio de pôr os pés naquele lugar. Mas, finalmente, me decidi e entrei.

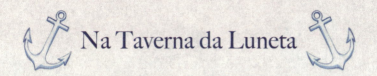

Na Taverna da Luneta

Long John Silver era alto, não tinha a perna esquerda e em uma das mãos carregava uma bengala, que manejava com muita habilidade. Sua aparência era amistosa, mas alguma coisa nele me assustava. Seria Long John Silver o homem de uma perna só que Billy Bones tanto temia?

Aproximei-me dele e entreguei o bilhete do Sr. Trelawney. Ele o leu, olhou para mim e disse:

— Você é o nosso mais novo marujo! Estou feliz em conhecê-lo!

Ele foi comigo ao encontro do Sr. Trelawney, que lhe disse para aprontar o navio e a tripulação para zarpar.

Quando ele foi embora, embarquei no *Hispaniola* com o Sr. Trelawney e o Dr. Livesey. O capitão Smollett nos levou à cabine para conversarmos em particular.

— Pelo que vi, esta viagem é para buscar um tesouro; não gosto disso. Também parece que todos já sabiam dessa história, menos eu!

— E qual é a sua preocupação? — perguntou o Sr. Trelawney.

— Corremos o risco de um motim — respondeu Smollett. — A tripulação inteira sabe do mapa do tesouro. E sabe também onde estão as armas e a pólvora. Por isso, preciso guardar o mapa em um lugar secreto. Depois que nos despedimos, o Sr. Trelawney nos disse que achou o capitão muito medroso.

Zarpamos no dia seguinte, ao amanhecer. Eu estava tão cansado com todas as emoções da véspera, que não consegui dormir muito, mas é claro que não podia deixar de estar no convés na hora da partida.

O contramestre mandou a tripulação fazer as manobras para içar a âncora. Os homens cantavam uma música que eu já ouvira e que ainda escutaria muitas vezes:

Quinze homens sobre o baú do morto!

Iô-rô-rô, e uma garrafa de rum!

Durante a viagem, conversei bastante com Long John Silver. Ele sempre me convidava para ficar na cozinha, que conservava limpa e brilhando.

— Ei, garoto — ele dizia —, venha bater um papo.

Long John me contava de suas viagens, e me falou sobre seu papagaio, chamado Capitão Flint, que ficava na gaiola, num canto da cozinha.

— Dei esse nome a ele em homenagem a um pirata famoso — disse Long John Silver. — E ele está prevendo que nossa viagem será um sucesso, não é mesmo, capitão?

O papagaio respondeu com sua voz estridente:

— Patacas de prata! Patacas de prata! Patacas de prata!

— Este bicho já viajou o mundo inteiro, Jim — disse Long John. — Já viu mais moedas do que nós dois podemos contar, é por isso que fica repetindo "patacas de prata" o tempo todo.

Long John Silver era tão gentil e amistoso que deixei minhas suspeitas de lado e passei a confiar nele.

No barril de maçãs

Certa noite, tive fome e fui até o barril de maçãs. Não tinha sobrado quase nenhuma, por isso entrei nele para pegar uma das últimas. Estava escuro e quente no barril. Cansado de tanto trabalhar, me acomodei ali mesmo e peguei no sono, embalado pelo balanço das ondas.

Acordei com o som de vozes: Long John Silver conversava com alguns homens da tripulação.

— Fui contramestre do capitão Flint — ele estava dizendo — e perdi a perna no mesmo ataque a um navio em que Blind Pew perdeu a visão. Nós dois éramos homens de confiança do capitão.

— Flint era o máximo — disse outro marinheiro.

Reconheci aquela voz. Era Dick, o marinheiro mais novo, que tinha sido recrutado por Long John.

— É verdade — concordou o timoneiro, Israel Hands —, Flint era muito diferente deste Smollett. Já aguentei o que podia, Long John, e temos a bordo muitos homens do nosso velho capitão. Quando vamos tomar o navio?

Meu sangue gelou. Não só Long John Silver era um pirata, como tinha recrutado uma tripulação de piratas. E eles planejavam um motim. Smollett estava certo!

— Vamos esperar o melhor momento — disse Long John Silver, e completou: — Quando conseguirmos o tesouro, vamos nos livrar de Smollett e do resto. Você está com a gente, Dick?

Dick respondeu que sim.

Bem naquela hora, o vigia gritou:

— Terra à vista! — Todos correram para a proa, e eu aproveitei a confusão para sair do barril sem ser notado.

Mais à frente havia uma ilha, e o capitão Smollett perguntou se alguém a reconhecia.

— Eu era o cozinheiro de um navio mercante que parou aqui uma vez. É a Ilha do Esqueleto — respondeu Long John Silver.

Era a mesma ilha que aparecia no mapa do tesouro!

Depois de decidir com Long John Silver qual seria o melhor lugar para atracar, o capitão o dispensou, dizendo que talvez precisasse de ajuda mais tarde. Long John sorriu para mim quando passou, e torci para que ele não percebesse como eu estava com medo dele naquele momento.

Logo depois, pedi ao capitão para falar com ele em sua cabine. Também chamei o Sr. Trelawney e o Dr. Livesey. Quando contei o que tinha ouvido dentro do barril de maçãs, eles me agradeceram. O capitão não pareceu surpreso, mas disse que havia muito pouco a fazer até sabermos quantos homens estavam contra nós.

— Você é um garoto observador, Jim — disse o Dr. Livesey. — Além disso, todos os marinheiros confiam em você, então pode nos ajudar a descobrir quem é amigo e quem é inimigo.

Prometi que faria tudo o que pudesse.

O homem na ilha

Na manhã seguinte, ancoramos a uns oitocentos metros da ilha. Grande parte dela era coberta por mata densa, e os morros se elevavam por trás das árvores.

Comandados por Long John Silver, treze marinheiros se ofereceram para explorar a ilha. Enquanto isso, eu pulei para um dos barcos; tentei me esconder, agachando-me, mas Long John me viu.

Quando percebi que estaria sozinho na ilha com Long John Silver e seus homens, fiquei aterrorizado. Assim que atracamos em terra firme, saltei do barco e corri para o matagal. De lá, espiei por entre as folhas e vi Long John Silver conversando com Tom, um dos marinheiros leais ao capitão.

— Você é quem decide — dizia Long John. — Pode ficar do lado do capitão Smollett ou se juntar a nós e salvar o pescoço.

— Prefiro arriscar a minha vida a trair o capitão — respondeu Tom, dando meia-volta para se afastar.

Agarrado a um galho de árvore para se equilibrar, Long John Silver jogou sua perna de pau em Tom. O marinheiro caiu no chão. Long John, movendo-se rapidamente, mesmo sem a perna de pau, pulou em cima de Tom e deu um assobio de aviso para seus homens.

Aproveitei o momento para me afastar, tão silenciosamente quanto podia, e corri para salvar a vida.

Logo percebi que estava perdido e não tinha a menor ideia do que fazer para retornar ao navio. Mesmo se soubesse como voltar, tinha certeza de que os piratas me matariam assim que me vissem.

De repente, senti o coração quase saltar pela boca: uma figura estranha e desgrenhada se movia por entre as árvores. Era um homem e, quando me viu, ajoelhou-se diante de mim. Ele não se parecia com ninguém que eu já tivesse visto.

— Olá, meu nome é Ben Gunn. Não falo com vivalma há uns três anos.

Ele me contou que havia sido um dos homens do capitão Flint. Seus companheiros de navio o tinham abandonado na ilha.

— É o navio do capitão que está ancorado? — perguntou.

— O capitão Flint já morreu, mas alguns de seus homens fazem parte da tripulação. Long John Silver é o líder deles — respondi.

Ao ouvir o nome de Long John, Ben começou a tremer:

— Fo-foi ele quem man-mandou você atrás de mim?

Garanti a ele que não, e contei toda a história da nossa viagem. Ben me perguntou se o Sr. Trelawney o levaria em segurança para casa se ele o ajudasse a encontrar o tesouro. Disse que tinha certeza de que ele cuidaria disso. Ao ouvir aquilo, Ben se jogou aos meus pés em agradecimento.

Como o navio foi abandonado

Ben e eu íamos para o *Hispaniola* quando escutei um disparo de canhão. Corri em direção ao som e vi uma bandeira vermelha acima das árvores.

— É o velho forte de madeira, — disse Ben. — Seus amigos devem ter desembarcado e estão sendo atacados.

— Preciso ir ao encontro deles — falei rapidamente.

— Você sabe onde me encontrar se quiser me ver — disse Ben.

De repente, uma bala de canhão explodiu na areia bem próximo a nós, e corremos em direções opostas.

No forte estavam o Dr. Livesey, o Sr. Trelawney, o capitão Smollett e a parte da tripulação que permanecera leal a eles. Todos me receberam calorosamente e contaram que seis amotinados haviam ficado no *Hispaniola*, sob a chefia de Israel Hands.

O Dr. Livesey sabia da existência do forte pelo mapa do capitão Flint. Assim, enquanto o capitão Smollett e o Sr. Trelawney mantinham Israel e seus homens ocupados na baía, o Dr. Livesey e os marinheiros fiéis a ele carregavam suprimentos para a ilha em botes. Por fim, todos os nossos homens estavam em segurança no forte. O navio estava nas mãos dos amotinados, que começavam a atirar contra o forte, como Ben Gunn havia previsto.

Falei ao Dr. Livesey sobre Ben Gunn. Ele ficou muito interessado, e pôs-se a imaginar de que modo Ben poderia nos ajudar.

Do *Hispaniola*, os amotinados continuaram a bombardear o forte até o anoitecer. Então, vimos o clarão de uma fogueira na mata. Era o local em que Long John Silver e seus homens tinham acampado.

Eu estava muito cansado e dormi profundamente. Acordei na manhã seguinte com um grito:

— Bandeira branca!

Olhei para fora e vi Long John Silver perto do forte. Ele queria fazer uma troca com Smollett:

— Dê-nos o mapa — disse Long John —, e nós garantiremos a sua volta para casa em segurança.

— Não vou fazer nenhuma barganha com você — respondeu Smollett.

Os olhos de Long John se arregalaram de raiva, e ele jurou que iria atacar o forte, avisando:

— E os que morrerem terão sorte, porque, quem viver, sofrerá como nunca imaginou!

Ao meio-dia, debaixo do sol escaldante, quatro piratas com espadas escalaram a paliçada e pularam para dentro do forte. Tiros de mosquete vinham da mata. Nossos homens revidavam os disparos. O forte de madeira estava cheio de fumaça; gritos se misturavam aos tiros. Peguei uma espada e corri para enfrentar os piratas. Em pouco tempo, conseguimos fazê-los bater em retirada. Esperamos por outro ataque, mas nada aconteceu.

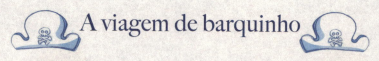

A viagem de barquinho

Naquela tarde, o Dr. Livesey deixou o forte, levando o mapa do tesouro. Logo imaginei que ele fora procurar Ben Gunn.

O calor dentro da construção de madeira era sufocante, e eu estava desesperado para sair. Peguei alguns biscoitos e um par de pistolas, e saí de mansinho do forte. Olhando para a praia, dava para ver o *Hispaniola* e ouvir as vozes dos piratas, que riam e berravam uns com os outros. Caminhando pela areia, vi uma coisa inesperada. Ao lado de uma pedra, escondido debaixo de umas peles e de uns galhos com folhas, havia um barquinho que deveria pertencer a Ben Gunn. Pensei que, se conseguisse cortar as amarras da âncora do *Hispaniola*, o navio ficaria à deriva e poderia encalhar; com isso, os piratas ficariam presos na ilha.

Quando a noite chegou, formou-se uma névoa, que me ajudou a agir sem ser visto. Coloquei o barco na água e remei bem devagar em direção ao navio.

Felizmente, a maré me levou até bem ao lado do cabo da âncora. Com minha faca de marinheiro, cortei a corda, fio por fio, e o navio flutuou mar afora.

Enquanto o navio passava rangendo ao meu lado, dei um jeito de me agarrar em um cabo para espiar dentro do navio. Vi Israel Hands lutando com outro marinheiro e voltei rapidamente para o barco, olhando o navio se afastar.

De repente, meu bote se inclinou para um lado e foi pego por uma correnteza. Estendido no fundo dele, rezei pedindo a Deus que salvasse a minha vida, enquanto era levado para o mar aberto.

Devo ter ficado naquela situação por horas, sendo castigado pelas ondas que jogavam o barco de um lado para outro. Eu estava apavorado, mas fiquei tão cansado que dormi. Sonhei com a minha casa e com a Taverna do Almirante.

O sol já ia alto quando acordei. Eu estava perto da ponta sudoeste da ilha, e ainda não conseguira controlar o bote. Então, quando a correnteza me fez dar a volta no extremo da ilha, o *Hispaniola* surgiu diante de mim!

As velas se agitavam suavemente. O navio deslizava devagar em minha direção. Quando ele chegou mais perto, tudo parecia quieto — eu não conseguia ver ninguém no convés. De repente, o *Hispaniola* estava quase em cima de mim. Foi só o tempo de pular a bordo: a poderosa embarcação fez o barquinho em pedaços.

O silêncio no navio era assustador. Israel Hands e o homem que eu vira lutando com ele horas antes estavam estendidos no convés. Israel ainda estava vivo, mas o outro já havia partido desta para melhor.

Baixei a bandeira dos piratas e joguei-a ao mar. Então, Israel me pediu que cuidasse dos seus ferimentos. Eu respondi que faria isso se ele me ajudasse a levar o *Hispaniola* a um lugar seguro.

Israel Hands

Desci até a despensa para procurar alguma comida para Israel e peguei um lenço de seda do meu baú, para estancar a hemorragia das feridas dele. Quando voltava, vi que ele rastejava penosamente. Finalmente alcançou uma faca, que estava sob um rolo de corda, e escondeu-a no seu casaco.

Fiquei contente por ainda estar com as duas pistolas que trouxera do forte. Israel ajudou-me a velejar para o norte da ilha. Enquanto eu olhava na direção da praia, uma sensação apavorante me dominou, e me virei.

Ele vinha na minha direção, com a faca na mão direita. Tentei atirar com uma das pistolas, mas a pólvora estava úmida e o tiro falhou. Hands saltou sobre mim, mas consegui pular para o lado e escapar. Desesperado, subi pelo cordame do navio, saltei rapidamente para o mastro e dei um jeito de carregar de novo as pistolas. Ele subiu atrás de mim, com a faca presa entre os dentes.

— Um movimento a mais e eu atiro! — gritei para ele, com as armas prontas para disparar.

— Jim — retrucou ele —, você e eu estamos nas mesmas condições.

Então, atirou a faca e quase me acertou no ombro. Em meio a toda aquela tensão, as duas pistolas dispararam e escaparam das minhas mãos, caindo no mar. Com um grito sufocado, Israel Hands despencou, mergulhando na água.

Agora eu estava sozinho no *Hispaniola*. Desci pelo cordame e segui pela praia em direção ao forte. Estava escuro quando cheguei lá. Escutei o ronco dos marinheiros dormindo e me senti aliviado, achando que meus amigos descansavam tranquilamente.

De repente, uma voz estridente gritou:

— Patacas de prata! Patacas de prata! Patacas de prata! — Era o papagaio de Long John Silver!

— Quem está aí? — perguntou o pirata.

Long John segurou um lampião diante do meu rosto.

— Jim Hawkins! — disse ele. — Veio juntar-se a nós?

Eu estava cercado por piratas. Meus amigos não estavam à vista, e tive medo de que estivessem mortos. Mas logo soube que tinham se rendido, entregando o forte e o mapa do tesouro aos piratas. Não acreditei que tivessem desistido tão rápido.

— Vocês estão em maus lençóis — eu disse aos piratas, soltando a âncora do navio. — Agora ele está à deriva e vocês não têm como sair da ilha.

Os piratas ficaram furiosos! Dois deles vieram em minha direção. Long John os afastou, mas logo percebi, pelo jeito deles, que não respeitavam mais o chefe.

— Eles querem se livrar de mim — admitiu Long John Silver, quando ficamos a sós. — Agora estou do lado do Sr. Trelawney e vou salvar a vida dele. Conto com a sua ajuda.

Se descobrissem que Long John Silver tinha trocado de lado, os piratas nos matariam.

— Farei o que puder — afirmei.

A voz entre as árvores

Na manhã seguinte, o Dr. Livesey veio ao forte para tratar dos piratas doentes e feridos.

— Temos companhia — disse Long John.

O Dr. Livesey ficou surpreso ao me ver e pediu para falar comigo em particular.

— Doutor — disse Long John —, Jim vai contar como salvei a vida dele. — Espero que possa fazer o mesmo por mim.

Atrás de nós, os piratas gritavam, chamando Long John de traidor por estar aos cochichos com o médico. Ele tinha perdido o controle sobre seus homens; e além disso, estava tremendo.

Assim que ficamos sós, contei ao Dr. Livesey o que tinha acontecido a bordo do *Hispaniola*. Também disse onde o navio estava ancorado naquele momento. Ele ficou surpreso e aliviado com a notícia.

— Você salvou nossas vidas mais uma vez, Jim — disse ele. — Pode ter certeza de que não vamos deixá-lo perder a sua.

Então, chamou Long John Silver e disse:

— Mantenha o garoto por perto e grite, se precisar. Vou buscar alguma ajuda.

Voltei ao forte para tomar café com Long John Silver e os piratas. Depois, armados com pás e picaretas, saímos para procurar o tesouro. Eu caminhava com uma corda passada em volta do peito e Long John me controlava. Ele e os outros estavam armados com espadas e armas de fogo.

Os homens estavam conversando sobre o mapa. Na parte de trás estava escrito: *Árvore alta, ombro da luneta, apontando um ponto ao norte do norte pelo nordeste. O leste da Ilha do Esqueleto pelo sudeste, três metros pelo leste.*

Os homens seguiram em frente, entusiasmados. Então, um deles deu um grito de alerta; tinha encontrado um esqueleto humano estendido no caminho. As tiras esfarrapadas da roupa de marinheiro ainda estavam presas aos ossos. Estranhamente, os pés apontavam em uma direção, enquanto as mãos estendidas indicavam o lado oposto.

— Esta é uma brincadeira típica do capitão Flint — disse Long John Silver, consultando a bússola. — Ele está apontando o sudeste pelo leste, exatamente como diz o mapa. Este é o caminho para o tesouro!

No mesmo instante, uma voz fina e trêmula cantou:

Quinze homens sobre o baú do morto!

Iô-rô-rô, e uma garrafa de rum!

Os homens ficaram brancos de terror.

— A música do capitão! — alguém sussurrou. Long John estava tão assustado que começou a bater os dentes, mas ainda falou:

— Nunca tive medo do capitão enquanto ele estava vivo, e vou enfrentá-lo com todas as minhas forças mesmo depois de morto! Vamos pegar o tesouro!

 A troca de chefia

Os homens correram na direção indicada pelo esqueleto. Long John Silver, mesmo mancando, tentava acompanhá-los. Fui com ele, até que surgiu à nossa frente um buraco profundo. Dava para ver o cabo de uma picareta e uma tabuleta com a inscrição "*Walrus*", que era o nome do navio do capitão Flint.

Ficou claro que o tesouro já tinha sido levado. Long John sabia que os homens iriam se voltar contra ele. Então nos afastamos dali, e ele me deu uma pistola.

— Prepare-se, porque aí vem confusão.

Enquanto isso, os homens tinham pulado para dentro do poço e vasculhavam tudo em volta. Um deles achou uma única moeda.

— Um dobrão de ouro — alguém rugiu. — Este é todo o nosso tesouro? Isso é culpa sua, Long John!

Enfurecidos, os piratas saíram do buraco e vieram em nossa direção, agitando as armas. Foi quando ouvi três tiros de mosquete vindos do matagal atrás de nós. Os piratas deram meia-volta e fugiram. O Dr. Livesey, Ben Gunn e um marinheiro que estava do nosso lado surgiram de dentro do mato. Eles salvaram as nossas vidas.

— Muito obrigado, doutor — disse Long John, ofegante. — Chegou bem na hora. E você... — continuou, dirigindo-se a Ben. — Então era você quem estava cantando entre as árvores! Você me enganou direitinho!

O Dr. Livesey sorriu para Ben.

— Ele foi um herói do começo ao fim — disse. E nos contou como Ben descobrira o tesouro meses antes de chegarmos à ilha; era

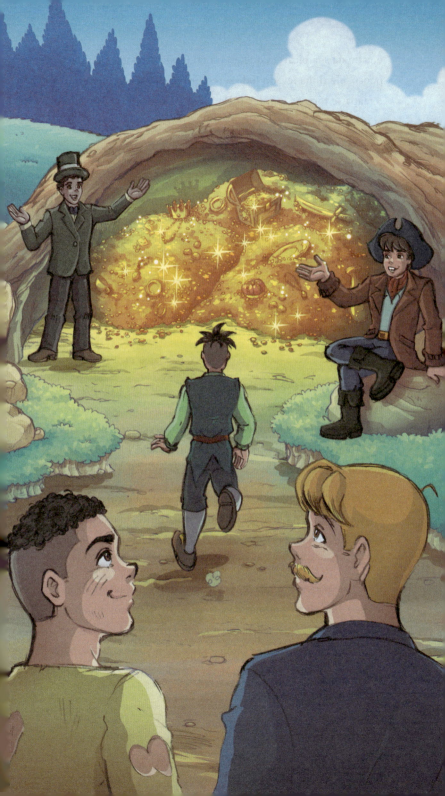

o cabo da sua picareta que estava no fundo do poço. De pouco em pouco, ele tinha levado todo o tesouro para o seu esconderijo. Assim, o mapa se tornara inútil, e o Dr. Livesey já sabia disso quando o entregara a Long John Silver.

Seguimos para a caverna de Ben, a fim de ver o tesouro com nossos próprios olhos. Lá, o capitão Smollett e o Sr. Trelawney nos esperavam.

A caverna era grande e arejada; um riacho de águas transparentes corria por dentro dela, e samambaias pendiam das paredes e do teto. No fundo, a um canto, vi grandes pilhas de barras e moedas de ouro: finalmente havíamos encontrado o tão sonhado tesouro.

Long John Silver cumprimentou o capitão Smollett e disse-lhe que estava pronto para reassumir seu trabalho a bordo do *Hispaniola*.

— Vamos ver... — disse o capitão, e não falou mais nada.

Que jantar tivemos naquela noite! E como me senti feliz por estar com meus amigos outra vez e, principalmente, por estarmos todos a salvo! Long John sentou-se um pouco afastado, mas comeu com vontade e até riu conosco de vez em quando. Ele voltara a ser o mesmo homem educado e sorridente do começo da viagem.

Na manhã seguinte, ensacamos o tesouro e o carregamos para o *Hispaniola*. Havia moedas de todas as partes do mundo: dobrões, guinéus e moedas portuguesas, além de estranhas peças do Oriente. Foi uma bela diversão separá-las e organizá-las.

Sabíamos que ainda havia piratas na ilha, mas não podíamos arriscar que outro motim acontecesse se os levássemos no navio. Deixamos comida, ferramentas e remédios para eles. Então embarcamos no *Hispaniola*, levando Ben Gunn e Long John Silver conosco. Não tenho como descrever minha alegria quando vi a Ilha do Tesouro desaparecer de vista.

Tínhamos poucos homens, por isso nos dirigimos para o porto mais próximo, na América do Sul, onde desembarcamos à procura de novos marinheiros para a tripulação. Quando voltamos a bordo do *Hispaniola*, Long John Silver tinha fugido, levando um pequeno saco do tesouro com ele. Até que ficamos felizes por nos livrarmos dele por tão pouco.

Fizemos uma viagem tranquila na volta para casa, e cada um ficou com uma boa quantia do tesouro. Ben Gunn gastou a sua em poucas semanas, mas arranjou alguns trabalhos aqui e ali; ele ainda vive em nossa cidade e canta aos domingos no coro da igreja.

Nunca mais ouvi falar de Long John Silver. Mas, de vez em quando, sonho com a ilha e, quando acordo assustado, ouço a voz do papagaio dele gritando no meu ouvido:

— Patacas de prata! Patacas de prata! Patacas de prata!

Fim

Internacionais de Catalogação na Publicação (CIP)
Angélica Ilacqua CRB-8/7057

mmond, Regina
Romeu e Julieta / [obra original de William Shakespeare], rês Mosqueteiros / [obra original de Alexandre Dumas]; ução e adaptação de Regina Drummond ; Nuno, ando. Sonho de Uma Noite de Verão [original de am Shakespeare], A Ilha do Tesouro [original de ert Louis Stevenson], tradução e adaptação Fernando o; ilustrações de Mauricio de Sousa. -- Barueri, SP : ssol, 2021.
160 p. : il., color. (Turma da Mônica Jovem - ances e aventuras)

978-65-5530-307-0

1. Literatura infantojuvenil I. Título II. Shakespeare, am, 1564-1616 III. Sousa, Mauricio de IV. Turma da ica Jovem

168   CDD-028.5

Índices para catálogo sistemático:
1. Literatura infantojuvenil 028.5

GIRASSOL BRASIL EDIÇÕES LTDA.
Av. Copacabana, 325, Sala 1301
Alphaville - Barueri - SP - 06472-001
leitor@girassolbrasil.com.br
www.girassolbrasil.com.br

Direção Editorial: Karine Gonçalves Pansa
Coordenadora Editorial: Carolina Cespedes
Assistente Editorial: Bruna Orsi
Tradução e Adaptação: Fernando Nuno
(Sonho de uma noite de verão / A ilha do tesouro)
Regina Drummond (Romeu e Julieta / Os três mosqueteiros)
Diagramação: Patricia Girotto

Direitos desta edição no Brasil reservados
à Girassol Brasil Edições Ltda.
Impresso no Brasil

Estúdios Mauricio de Sousa

Presidente: Mauricio de Sousa

Diretoria: Alice Keico Takeda, Mauro Takeda e Sousa, Mônica S. e Sousa

Mauricio de Sousa é membro da Academia Paulista de Letras (APL)

Direção de Arte
Alice Keico Takeda
Wagner Bonilla

Diretor de Licenciamento
Rodrigo Paiva

Coordenadora Comercial
Tatiane Comlosi

Analista Comercial
Alexandra Paulista

Editor
Sidney Gusman

Adaptação de Textos e Layout
Robson Barreto de Lacerda

Revisão
Daniela Gomes Furlan, Ivana Mello

Editor de Arte
Mauro Souza

Coordenação de Arte
Irene Dellega, Nilza Faustino, Maria A. Rabello

Assistente de Departamento Editorial
Anne Moreira

Desenho
Denis Y. Oyafuso, Lino Paes

Cor
Giba Valadares, Kaio Bruder,
Marcelo Conquista, Mauro Souza,
João Peterson Mazzoco

Designer Gráfico e Diagramação
Mariangela Saraiva Ferradás

Supervisão de Conteúdo
Marina Takeda e Sousa

Supervisão Geral
Mauricio de Sousa

Condomínio E-Business Park
Rua Werner Von Siemens, 111
Prédio 19 – Espaço 01 - Lapa de Baixo
São Paulo/SP
CEP: 05069-010 - TEL.: +55 11 3613-5000

© 2023 Mauricio de Sousa
e Mauricio de Sousa Editora Ltda.
Todos os direitos reservados.
www.turmadamonica.com.br